El pres

"*El presidente y la rana* es una historia sobre contar historias, y sobre cómo recordar que podemos ser la semilla de algo incluso en los tiempos más sombríos. Hay mucha ternura lúcida en el libro, pero también es salvaje y gracioso. Conforme recorremos el tiempo, volvemos una y otra vez al amor y al crecimiento, pero por medio de la lucha, la locura y, sí, las conversaciones con una rana. Este libro y la visión de Carolina De Robertis son un baile hermoso y hecho añicos".

—Tommy Orange, autor de *There There*

"Carolina De Robertis es una escritora brillante y luminosa, y leer *El presidente y la rana* es un gozo constante. Esta novela sublime y apasionante, juguetona y profunda, milagrosa pero con los pies sobre la tierra, trata de la esperanza: de que incluso dentro del feo dolor que hay en el mundo sigue habiendo lugar para transformarnos y sanar".

—Madeline Miller, autora de *Circe*

"*El presidente y la rana* es una novela visionaria, profundamente conmovedora y con un humor mordaz, que rompe los límites del tiempo y la memoria, el poder humano y la humildad. De Robertis es una narradora experta y estas páginas asombran con su originalidad y genialidad".

—Patricia Engel, autora de *Infinite Country*

"*El presidente y la rana* es una obra de una profundidad y belleza impresionantes, una canción esperanzadora en tiempos desesperanzadores, una meditación sobre la libertad y la supervivencia, sobre los júbilos silenciosos de lo cotidiano (al estilo de las *Odas elementales* de Neruda). Una novela luminosa, opulenta e inolvidable".

—Cristina García, autora de *Here in Berlin*

"Esta es la historia del 'presidente más pobre del mundo' y de las cosas fantásticas que sucedieron cuando era un guerrillero preso y aislado en un hoyo. *El presidente y la rana* es una novela sobre la conexión y la pérdida, el milagro de la narración como supervivencia; es una obra poco convencional, valiente y total y absolutamente brillante. Una meditación hermosa e hipnotizante sobre el asombro y lo que significa vivir y aferrarse a la vida en tiempos desesperanzadores".

—Ingrid Rojas Contreras, autora de *La fruta del borrachero*

"Carolina De Robertis proyecta una luz brillante con todas sus obras. Sentí un gran placer al abrir este libro y una gran tristeza al cerrarlo. Su voz es lo que necesitamos para volver a estar enteros".

—Luis Alberto Urrea, autor de *The House of Broken Angels*

CAROLINA DE ROBERTIS
El presidente y la rana

Carolina De Robertis es autora de cinco novelas, entre ellas *Cantoras*, ganadora de los
premios Stonewall Book Award y Reading
Women Award; finalista del Kirkus Prize, un
Lambda Literary Award y un California Book
Award, y seleccionada Editor's Choice del
New York Times. Su trabajo ha sido traducido
a diecisiete idiomas, y ha recibido la beca del
National Endowment for the Arts, el premio
italiano Rhegium Julii, entre otros honores. Es
de origen uruguayo y da clases en la Universidad Estatal de San Francisco. Vive en Oakland,
California, con su esposa y sus dos hijos.

TAMBIÉN DE CAROLINA DE ROBERTIS

Cantoras

EL
PRESIDENTE
Y LA
RANA

EL

PRESIDENTE

Y LA

RANA

＞＜＜

Carolina De Robertis

Traducción de Hugo López Araiza Bravo

VINTAGE ESPAÑOL

Penguin
Random House
Grupo Editorial

Originalmente publicado en inglés bajo el título *The President and the Frog*
por Alfred A. Knopf, una división de Penguin Random House LLC,
Nueva York, en 2021.

Primera edición: mayo de 2022

Publicado por Vintage Español, una división de Penguin Random House
Grupo Editorial USA, LLC.
8950 SW 74th Court, Suite 2010
Miami, FL 33156

Traducción: Hugo López Araiza Bravo
Diseño de cubierta: Adaptación del diseño original de Alex Merto por
Penguin Random House Grupo Editorial USA, LLC
Maquetación: produccioneditorial.com

Información de catalogación de publicaciones disponible
en la Biblioteca del Congreso de los Estados Unidos.

Impreso en México / *Printed in Mexico*

ISBN: 978-1-644-73450-6

22 23 24 25 26   10 9 8 7 6 5 4 3 2 1

A todos ustedes, quienes han sentido desesperanza,

amor y ánimo

Vivimos en un mundo maravilloso, pero no necesariamente vemos las maravillas.

—JOSÉ MUJICA, EXPRESIDENTE DE URUGUAY, 2017

DIONISO: Lamentaos, pues a mí nada me importa.
RANAS: Entonces, seguiremos croando, cuanto
    nuestra garganta resista,
durante todo el día...
DIONISO: Brekekekex koax koax.
En esto, seguro, no me venceréis.
RANAS: Ni tú a nosotras tampoco.

—ARISTÓFANES, *LAS RANAS*, 405 A.C.

Había una vez, en un país casi olvidado, un viejo sentado a la mesa de su cocina escuchando el mundo exterior. Era una tarde de mediados de noviembre, y a esas horas no se oían coches, solo el vidrio de la ventana traqueteando en la brisa y el canto de un zorzal obstinado. Los reporteros llegarían en cualquier momento, con los brazos cargados de equipo, la cabeza llena de preguntas y la cara que ponían todos los reporteros al entrar en esa casa: de asombro, de confusión, como si hubieran aterrizado en un rincón inexplorado del mundo. Como si fuera un milagro encontrarlo a él en esa casa desvencijada, como si —y eso era lo que más le divertía— *les sorprendiera ver que él era una persona normal.* Era raro que se sorprendieran tanto, sin importar cuánto hubieran investigado, qué tan bien se hubieran preparado, cuánto supieran ya sobre el famoso "presidente más pobre del mundo", un hombre que había gobernado su país mientras vivía en un lugar, pues... así. ¿Será verdad?

¿En esta misma casa? Debe de haber algún error, han de haberse equivocado de portón, no pudo haber preferido estas cuatro paredes al Palacio Presidencial, cómo puede alguien gobernar un país desde una finquita en las afueras, más choza que casa para los estándares de algunos de los países desde los que venían, por qué alguien intentaría siquiera gobernar desde un lugar así, por qué, de hecho, alguien donaría más de la mitad de su salario a la beneficencia, sobre todo el presidente. Tenía que haber otra razón, algo que el público no había oído todavía. Así que casi siempre abrían la entrevista con preguntas al respecto, con un dejo de incredulidad y una especie de soberbia que le resultaba divertida, como si en serio creyeran que eran los primeros en preguntar, como si con sus preguntas pudieran desenterrar una verdad tan profunda que nunca hubiera visto la luz del sol.

Una primera pregunta típica era: *¿por qué?, ¿por qué vivir así?*

Había dado muchas entrevistas durante su presidencia, e incluso seguía dándolas ahora que esta había terminado. Creyó que iban a amainar cuando acabara su periodo, pero no habían cesado las solicitudes. Había tenido que volverse más selectivo, pero no se iba a detener. Todavía no. No hasta que se viera obligado. Porque siempre quedaba mucho por hacer. Vio unas motas de polvo bailando en un haz de luz, justo encima de la mesada llena de trastos de la cocina. Cuánto polvo. Esa mañana les había pasado un trapo a todas las superficies, no debajo de la exuberante congregación de frascos y botellas y vasos que se habían reunido ahí, pero sí alrededor de cada uno, y también había barrido el piso de madera un poco desnivelado, y ahí estaban otra vez las motas de polvo, flotando lánguidas como si fueran dueñas del tiempo.

Un motor afuera. Se acercó a la puerta principal. Sí, ahí estaban, frente al portón. Una camioneta. Esta vez eran dos, un hombre y una mujer, alemanes, o tal vez suecos, ya no se acordaba, tenía la agenda tan llena que se le habían empezado a mezclar los visitantes y, en todo caso, bienvenidos todos. Esos dos se veían jóvenes y ágiles, estaban ocupados bajando y juntando su equipo y todavía no lo habían visto en el umbral. Había un clima primaveral de lo más agradable, el más cálido hasta entonces: ese sol de noviembre que coquetea con tu piel, que te tienta con la promesa del verano. Era un buen día para una entrevista en el jardín. Sugeriría cortésmente el jardín, pero en realidad era la única opción: con dos personas y la cámara en un trípode, ni siquiera entre la cocina y la sala juntas habría suficiente espacio, y de todos modos nunca les satisfacía la luz de adentro, ahí no había vistas espectaculares, ¡ja!, ni de lejos, nada como los ventanales majestuosos y las elegantes molduras de la Residencia Presidencial de su país, o de las que había visitado como jefe de Estado, pero a pesar de eso, o más bien, precisamente por eso, sabía que querrían ver el interior de su casa y filmarlo ellos mismos, imágenes en directo —miren, pueden creerlo, noticia de última hora— de cómo vive un viejo; y en realidad, pensó: Eso es lo que sos, no importa lo que digan, un viejo.

La reportera le dijo algo al camarógrafo, luego levantó la vista y cruzó miradas con el expresidente. Sonrió con un placer genuino y alzó la mano para saludarlo. Traía zapatillas, no tacones, era una mujer sensata y equilibrada de unos cuarenta y algo, mayor que el camarógrafo de espalda ancha, pelo despeinado y ese aire de surfista en un anhelo constante del mecer de las olas. Ella parecía más bien, digamos, una directora de primaria, cálida y con ojos de lince. Existen distintos tipos de entrevistas, y esa reportera —se dio cuenta al verla dirigirse hacia él— no sería de las predecibles que se quedaban en la superficie. Tal vez no empezaría con la misma pregunta de todos, la de la casa, la de cómo vivía, ese por qué. Tal vez empezaría por el final, o por el medio, con las desastrosas elecciones en Norteamérica, una catástrofe que apenas empezaba a expandir sus ondas hacia el resto del mundo, entremezclando preguntas que muchos periodistas sin duda tenían en la punta de la lengua: *¿cómo rayos seguimos adelante?*,

¿qué significa este resultado?, *¿y ahora qué?* O tal vez empezaría por la prehistoria, sus años de guerrillero, sus años en prisión, quizás con esa otra pregunta popular: *¿cómo?*, *¿cómo sobrevivió a todo para convertirse en, pues... en usted?* Una suerte de clavado en lo más profundo, se veía capaz de eso, los más listos encontraban esa ruta, creyendo que les daría más tiempo para hurgar en el fondo del océano, en busca de secretos que arrancar de sus refugios. Como si fueran perlas dentro de ostras, protegidas por conchas anquilosadas, y a fin de cuentas él mismo era un viejo anquilosado, así que sí, por qué no. Se las creían de esos buzos que había en otros países, los pescadores de perlas que se sumergían cuchillo en mano e iban dándole golpecitos a una concha tras otra. Tenían un nombre, cómo era, no se acordaba, no era la primera palabra que se le escapaba esa semana, carajo, pero bueno, por lo menos todavía le daba la cabeza para hacer bastantes cosas y, en todo caso, así hacían esos, como se llamaran, los de las perlas, iban dando golpecitos con las puntas de los dedos, mientras que los reporteros seguían con sus preguntas.

Toc toc, qué hay ahí dentro.

Él ya no quería recibir más golpecitos, ni uno más, pensó con un dejo de pánico, cosa que lo sorprendió, porque qué importaba, él ya sabía manejarlo, podía hacerlo hasta con los ojos cerrados, y en todo caso no había nada especial que encontrar, ¿o sí? ¿Qué secretos podría estar buscando esa mujer alemana o tal vez sueca que caminaba hacia él? ¿Qué perla le quedaría dentro que ella pudiera arrancar? Seguramente sabía que no podría descubrir nada nuevo.

Eso ya se había terminado.

Llevaba años revelándose.

Tenía 82 años y estaba lleno de grietas, achaques y heridas de bala que le picaban cada vez que cambiaba el clima. Había contado todas sus anécdotas y contestado todas las preguntas; tenía la reputación de ser un hombre al que le encantaba hablar y era cierto, había hablado y hablado en esos últimos años, en los años presidenciales, sobre los viejos tiempos, sobre los nuevos, sobre los que aún no han llegado; había pronunciado más palabras de las que habría creído posible en una sola vida. Cuando era niño, se imaginaba que en algún lugar del cielo (porque se lo imaginaba en esa infancia tan tierna en la que creía que podía existir el cielo) había una muchedumbre de majestuosas cajas registradoras que contaban todas las palabras pronunciadas por cada persona en el mundo, que cada vez que nacía un bebé aparecía una caja nueva, reluciente, entre las filas, y que lo único que tenías que hacer para ver la suma de todas las palabras que habías enunciado en tu vida era llegar a esa suerte de cielo y encontrar la hermosa máquina grabada con tu nombre, como una de esas cajas registradoras antiguas que silban alegres cuando las alimentas o les sacas algo, pero luminosa y brillante, y en vez de mostrar la cantidad de pesos en su pantallita, mostraba el total de tus palabras pronunciadas. Enumeraría cada sílaba que habías proferido en un recibo resplandeciente y kilométrico. Bueno, si existía un lugar así, seguro que él tendría el recibo más largo de la historia. Sí, estaban esos años solitarios de silencio, pero, carajo, desde entonces había compensado con creces. Qué emoción ver la cifra en su registradora personal, allá en el éter. Ahora lo asombraba su fe infantil en que el universo se molestaría en preservar registros tan elaborados de la vida oral de las personas. Aunque pudiera, ¿por qué molestarse? Naturalmente, al crecer había aprendido que en realidad sucedía lo contrario: la mayoría del habla humana no se grababa, no se registraba, ni siquiera en la era de los dispositivos omnipresentes para documentar tus sonidos, y ciertamente no existía lo que se había imaginado, ni una colección de cachivaches celestes ni recibos kilométricos ni un sistema de conservación. Es más, las fuerzas del mundo tendían a borrarlo todo. No existía nada más que la gente, su voz y el aire que los contenía, y el río del tiempo barría con todo.

Aun así, no toda el habla se disolvía. E incluso cuando se esfumaba, seguía valiendo algo. Había oído decir que hablar no cuesta nada, pero no era verdad. Hablar era mágico, hacía girar al mundo, era poderoso si sabías fundir tus palabras con las cosas que importan y tensar tus actos en ellas como flechas. Hablar lo había convertido en lo que era. Hablar era su don particular y su legado: había nacido en un país de parlanchines, donde te detienes un minuto y te quedas horas enteras charlando con un vino o un whisky o un mate. La conversación hila y entreteje el mundo. Eso era algo que los reporteros extranjeros no siempre entendían; recorrían a la carrera su lista de preguntas y no sabían profundizar en la cadencia del intercambio. Algunos llegaban tan soñadores o tan empeñados en sus fines que desde el principio quedaba claro que no llegarían muy profundo, así que el expresidente los mantenía en la superficie y los devolvía para sus casas. Casi siempre que pasaba eso, se veían satisfechos. Pero esta mujer ya se vislumbraba distinta, lo notaba por su forma de caminar mientras se acercaba por el sendero; parecía tener el don de escuchar, lo que garantizaba una clase diferente de entrevista, y al pensar en eso, de hecho, sentía que se le abría la tierra bajo los pies —aunque no lo mostrara por fuera, como revolucionario entrenado que era— y a qué se debía esto, por cierto, este temblor interior, no era miedo precisamente sino otra cosa, el pinchazo de la tentación, los posibles golpecitos contra las conchas que quizás sí querían abrirse a fin de cuentas, porque a quién iba a engañar, por qué fingir, claro que seguía teniendo espacios cerrados que nadie había encontrado, secretos enterrados que ninguna entrevista había tocado, claro que había partes que nunca había contado de su larga historia, aunque hubiese dado miles de entrevistas hasta entonces, claro que sí, qué más podía ser, por favor, ¿en serio un viejo guerrillero como él se desnudaría por completo? Sí, se desnudaba, lo contaba todo, había sido el presidente más honesto del mundo, infame por decir lo que se le viniera a la mente siempre y cuando fuera verdad, pero aun así, había capas más profundas, como tiene todo ser humano. Hay versiones íntimas de tu historia que no le cuentas al mundo. Las más profundas, las más extrañas, de las que tú mismo abrevas pero que no entiendes por completo. Y ese es el problema del don de escuchar: amplía todo el canal, y cuando te das cuenta ya hablas entusiasmado, divagas, no sabes qué ibas a decir después ni qué perla puedes acabar entregando. La mujer estaba frente a él, extendiéndole la mano para saludarlo de esa forma tan primermundista, con el rostro cálido y el camarógrafo justo detrás. Para su total sorpresa, el expresidente sintió que el pasado se le agolpaba con una abundancia feroz, y aunque supiera que no iba a contarlo —nunca lo había contado, nunca lo contaría, sabía que no podía ponerlo en palabras—, sintió que se agitaba en su interior ese secreto enterrado, una historia de aguas profundas de cuarenta años antes, que contestaría la mitad de sus preguntas de un solo tajo, la historia de la rana.

Casi no había luz en ese maldito hoyo. Estaba solo. Ya llevaba cuatro años encerrado, y estaba muerto por dentro. Por supuesto, no había fin a la vista: no había sentencia, porque no había habido juicio, así que aquel hoyo o cualquiera que eligieran para él sería su mundo mientras continuara la dictadura. El día en que conoció a la rana, había cagado en un rincón porque no podía esperar al viaje diario al baño y sabía que le iban a dar una paliza por lo que había hecho, pero qué importa, pensó, otra paliza, nada nuevo. Qué lugar de mierda, se dijo, y se imaginó a sus viejos compañeros riéndose de ese chiste poco original, se imaginó riendo aunque su cuerpo no pudiera generar esa respuesta. Sabía que dos de sus compañeros, sus hermanos de lucha, también estaban cerca, o lo habían estado cuando llegó ahí; los transportaron en el mismo camión militar desde las últimas celdas, con los ojos vendados, pero capaces de susurrar lo suficiente para comprobar que estaban ahí. Pero eso fue en el camión; en cuanto terminó el traslado, guardaron la carga en aislamiento estricto. Sin importar lo cerca o lejos que estuviera de ellos, estaban fuera de su alcance. No podía oírlos ni ellos a él. Un metro, un kilómetro, varias estrellas de distancia, qué importaba si el aislamiento era total. Solo. La única luz se escurría por las cuatro rendijas de la trampilla de metal sobre su cabeza, que los guardias abrían para bajarlo a la celda o para sacarlo al baño. La comida descendía en un cubo atado a una cuerda. Por el débil reptar de ese atisbo de luz decrépita sabía que era de día. La tierra apestaba, le dolían tantas partes del cuerpo que había perdido la cuenta y estaba desconectado de él, incapaz de comprender su propio cuerpo, como si fuera un libro escrito en un idioma que empezaba a olvidar.

Se había acabado el mundo.

Resultaba que el mundo sí se podía acabar y abandonarte vivo ahí dentro, perdido, sin nada con qué salvarlo.

El movimiento, sus amigos, su familia, la seguridad de ellos, la seguridad de cualquiera, un país en el que se pudiera respirar. No quedaba nada. El país que conocía ya no existía. Había luchado por convertirlo en un lugar mejor pero se había derrumbado, un país puede derrumbarse y convertirse en escombros. El mundo era escombros y él también. Llevaba semanas —al menos creía que eran semanas— hablando con las hormigas y las pocas arañas que desfilaban por el hoyo. Su repugnancia hacia ellas había desaparecido, superada por su repugnancia hacia sí mismo. ¿Qué es una inofensiva línea de hormigas ante toda la asquerosa caca en el rincón y en sus costillas y en su mente? Hola, les decía, ¿qué hacen hoy, qué cargan, pesa mucho, sabe rico, son libres, a dónde van? Y vos, araña, estás cómoda en mi muslo, bueno, por qué no, quedate ahí, qué carajos importa, contame, ¿dónde naciste, dónde vas a morir? No en mi muslo, eso te lo puedo decir, porque ¿para qué te aplastaría, no hemos tenido ya bastante de eso?

Pero nadie le contestó —ni las hormigas ni las arañas ni la tierra ni el haz de luz— hasta el día en que una voz rompió el silencio.

Buenos días.

Miró a su alrededor, hacia la trampilla, hacia un lado y después el otro.

Buenos días.

Por fin me volví loco, pensó. Y sintió una descarga de alivio.

Acá abajo.

Volteó hacia abajo. Una rana. No era chiquita ni grande, era de un marrón verduzco, con ojos como pozas de negro líquido. Sin parpadear.

¿Vos?

Sí, yo. Qué, ¿podés hablar con las hormigas y conmigo no?

¿Me oíste pensar?

Te oigo perfectamente.

Pero no dije nada en voz alta.

Y qué injusto. Con las hormigas nunca cerrás el pico. Con las arañas sos como una viejecita que saca la vajilla elegante y parlotea sobre las plantas. ¿Pero conmigo? ¿Conmigo ni siquiera querés hablar?

Se quedó helado. Él no había hablado, ¿o sí? ¿Sería posible que hubiera perdido incluso eso, la capacidad de distinguir entre pensamiento y habla? Quizás entendería mejor si usara su voz conscientemente. Se aclaró la garganta.

—Esto no es real.

Ja ja, decime, pues, si esto no es real, ¿qué es?

La rana no abría la boca al hablar, pero su garganta se movía al ritmo exacto de sus palabras.

—Andate.

¿En serio? Estás solo en este hoyo apestoso y cuando tenés una visita, le decís que se vaya.

—Este... fuera. —No podría haber explicado por qué se tensó por dentro, qué hizo que sintiera frío y luego calor por todo el cuerpo, pero tenía la boca abierta y oyó gritos y ya sabía, desde los primeros días, que los gritos siempre eran suyos—. ¡Andate, largo de aquí!

Sos un imbécil.

Y, con eso, la rana brincó hacia un rincón y desapareció.

Tras la primera visita de la rana, el hombre esperó a que regresara. Pasaron dos días. Pero la rana no llegó. En un momento de lucidez —no tenía la panza precisamente llena, pero era lo más cerca que había estado en días, recubierta de una delgada capa de avena— decidió que se lo había imaginado todo. Por fin había perdido el contacto con la realidad. Pues bien, mejor así, ya era hora, al carajo con la realidad, pensó, no quiero aferrarme más a ella, me duelen demasiado los dedos.

Cuatro años de cárcel. Sin contacto con otros seres humanos. Confinamiento solitario.

Ni siquiera los guardias que le tiraban la comida tenían permiso de hablar con él.

Mantener su humanidad podía ser una carga a veces, todas las veces, durante la tortura y la soledad, durante el calor y el frío, durante el hambre y la sed, durante la oscuridad y el tormento de la luz enceguecedora, durante el silencio y el tormento de los guardias ruidosos. Volverse loco le parecía un regalo, una dulce capitulación, el permiso de dejarse ir y flotar a la deriva, los dedos de su mente abriéndose, soltando amarras, por fin había llegado, podía dejar de aferrarse a su cordura, dejar de luchar por mantener su humanidad. Pero no. No. Su entrenamiento de guerrillero despuntaba, lo regañaba por coquetear con la tentación. No tenía permiso. ¿Quién se creía que era? La locura implicaba un riesgo. Si dejaba que su mente se desprendiera por completo y lo volvían a torturar, ¿qué sucedería?

¿Qué diría?

¿A quién delataría?

¿De qué sería capaz?

Se lo habían inculcado entre ellos y a los jóvenes que se unían a la lucha: para un revolucionario, la locura era un peligro, un lujo prohibido, algo que no te podías permitir, y nadie mencionaba nunca la posibilidad de que podrías no tener opción, la locura podría asaltarte sin importar si la aceptabas. Todo tenía que estar alineado. Todo disciplinado, en su lugar, por el bien de la revolución.

En ese entonces, la revolución había parecido estar tan cerca. Él había sentido su sabor en el viento, la había atisbado en el fulgor de los postes de luz tras el oscuro velo de la lluvia, en los labios fruncidos de sus compañeros, cuyos nombres reales no conocía, pero con quienes había arriesgado la vida, esos hombres y mujeres, más jóvenes que él, tan jóvenes que eran casi unos niños. Todos habían sentido la revolución en el aire, se habían embriagado con su aroma o se habían despabilado gracias a él, dependiendo del punto de vista, y, en sus años de cárcel, había tenido mucho tiempo, demasiado, para ver las cosas desde todos los ángulos. Había examinado cada milímetro de sus pensamientos. El sueño había estado a su alcance, casi a punto de suceder. A la vuelta de la esquina. Y luego había sido destruido. Ahora su cuerpo y su país estaban destruidos. Podía perder su cuerpo, pero su país, su querido paisito en la punta sur del mundo... esa ruina era lo que le carcomía el corazón. Se puede matar y desollar un país, como a un perro, como a un hombre. Eso no lo sabía antes de que sucediera, no lo había imaginado, incluso cuando las conversaciones en las reuniones secretas se ensombrecieran, incluso cuando estudiaran los casos de otras naciones caídas, incluso entonces, no había logrado comprender la idea de que un país entero —no su gente, sino el país mismo— pudiera ser tan frágil. Pero había pasado. Ya no había esperanza. La esperanza era la piel que habían desollado. Todos estaban encerrados o habían huido por sus vidas o se habían escondido del terror, prisioneros y exiliados y gente en la clandestinidad; la libertad y la seguridad eran cosa del pasado, así que, en realidad, cuando lo pensaba bien, el entrenamiento riguroso que lo mantenía en pie quizás no fuera tan relevante; tal vez pudiera permitirse perder la cordura si pudiera estar seguro de que no la necesitaba, de que no importaba, de que no quedaba nadie a quien salvar.

→>‹←

El otro refugio era la muerte.

Muerte y locura, praderas vibrantes fuera de su alcance. Se confundían entre sí. Si tocabas una, el universo entero podía tornarse verde. Más cerca, más cerca, tan cerca que podías sentirlas.

La rana regresó. Imposible saber dónde había estado los tres días anteriores. El hombre sabía que habían pasado tres días porque lo había despertado la luz de la mañana por las rendijas; por muy débil que fuera, siempre lo arrancaba del sueño y lo obligaba a iniciar su lento examen del muro. Pero ese día, cuando el hombre que algún día sería presidente vio a la criatura agachada entre las sombras, pensó, con un ligero regocijo: Sucedió, lo lograste, te volviste loco, después de todas estas horas de preguntarte si sí o si no arrancando pétalos de margarita —me volví loco, no me he vuelto loco, tengo derecho, no tengo derecho— tal vez tengas la respuesta. Pues bien. Bienvenida la compañía. Si voy a estar demente y me van a mantener vivo por la fuerza, por lo menos tendré alguien con quien hablar.

—Volviste.

¿Y vos? ¿Seguís siendo un imbécil?

No era lo que había esperado. Sintió que se desinflaba.

—¿Así nos vamos a llevar?

¿Por qué no?

Su repulsión se tragó toda esperanza.

—Porque no.

¡Ahhhhh! ¡Porque no!

—Dejame en paz.

¿Por qué?

—Me estoy tratando de morir.

Qué estupidez.

—¿Qué? —La respuesta lo había tomado por sorpresa, no sabía cómo reaccionar. La audacia. Si esa rana era un producto de su mente retorcida, ¿qué derecho tenía a insultarlo?—. Andá a cagar.

Veo que ya te encargaste vos de eso.

—Ja, ja, qué risa.

En serio es una estupidez.

—¿Cagar?

Tratar de morirte.

—Claro que no. Vos no entendés. —Algo se abrió en su interior, liberó... ¿qué? Enojo no. No exactamente. No sabía qué era—. El mundo está roto, ya no hay nada, todo se acabó.

Eso es lo que vos creés.

—¿Y qué más podría creer? ¿No has estado allá afuera?

Sí. Allá afuera vi el sol.

—Tenés una suerte de la gran puta.

¿Y vos? ¿Has estado allá afuera?

—¿Te creés que nací en este hoyo?

Pues eso. Cuando estuviste afuera, ¿viste el sol?

Él no era la rana, la rana no estaba en su mente, porque en ese caso, ¿cómo podrían provocarlo y sorprenderlo tanto sus preguntas?

—Sí, lo vi. —Su mente se remontó al Antes, y pensó en sus plantas, sus flores, los tallos tiernos que cultivaba en el patio trasero y luego cortaba para vender en las ferias, las sonrisas de las ancianas cuando les hacía cumplidos al entregarles su ramo para que se sintieran jóvenes de nuevo mientras se acercaban las flores al pecho y se las llevaban a casa para acomodarlas en sus salas abarrotadas, un descanso de la tristeza y la nostalgia, la comodidad en un jarrón, regalos para las tumbas, pétalos que atrapaban el sol, un oficio humilde, pero con el que se había mantenido a sí mismo y a su madre con orgullo, pero no, basta, no lo soportaba, no podía pensar en su madre, no ahí y no así—. Claro que lo vi.

Entonces deberías ser bastante más sabio.

—¿Eh?

No sabés nada.

Ahora sí estaba enojado.

—Vos tampoco.

La rana ladeó la cabeza. Una pose inesperada. Así que las ranas podían ladear la cabeza; nunca se le habría ocurrido. Era raro lo rápido que esa criatura lo enredaba en sus pensamientos, tan rápido que se le olvidaba con quién —con qué— estaba hablando. ¿Qué rayos significaba lo que dijo? ¿Más sabio sobre qué? ¿Y qué tenía que ver con el sol?

Yo no soy el que está planeando morirse acá.

—Yo no estoy... Yo no quiero... Ay, callate.

Como quieras, dijo la rana, y el hombre se sorprendió al sentir una punzada de arrepentimiento mientras veía a la rana brincar y desaparecer.

—**N**os alegró mucho que nos concediera esta entrevista —dijo la reportera—. Sabemos que su tiempo es preciado.

El expresidente sonrió.

—Y acá están.

—Sí —recorrió el lugar con la mirada—, aquí estamos.

Estaban en la cocina, donde, como lo había sospechado, el camarógrafo había querido filmar un poco antes de instalarse afuera. Cuando había una cámara cerca, el truco era actuar como si no existiera. Sabía que cuanto más natural mejor, y lo natural era lo que mejor le iba. En los últimos años, cientos de cámaras habían entrado a esa casa, una propiedad de tres habitaciones que a él le parecía normal, suficiente para él y su esposa, pero cuyo tamaño había empezado a reconsiderar cuando empezó a trabajar en el edificio de la presidencia, en el centro de la capital. La oficina presidencial, por sí sola, era el doble de grande que su casa entera; ¿qué querían que hiciera con tanto espacio vacío? A lo largo de su presidencia, el salón se había llenado de regalos provenientes de todo el mundo, enviados por reyes y por estrellas de rock más famosas que esos reyes. Trabajaba ahí de día y todas las noches volvía a su finquita, que seguía siendo más que suficiente para él. No era que rechazara ese título informal que le habían otorgado, "el presidente más pobre del mundo" —sabía que la gente lo usaba con admiración o con cariño—, pero sí lo refutaba cada vez que tenía oportunidad. Yo no soy pobre, decía, porque ¿qué significa ser rico? Los ricos de verdad son los que no quieren nada, los que tienen todo lo que necesitan, así que si mantenés unas necesidades sencillas y las satisfacés, sos rico. Mientras tanto, los pobres de verdad son las personas con mucho dinero que no dejan de querer más y más. O que hacen cosas terribles para conseguir más dinero. Ellos, sobre todo, son las personas más pobres del mundo, porque tienen el alma en ruinas. Y en ese caso, decime, ¿quién es el presidente más pobre del mundo en realidad?

Mate. Iba a preparar mate. Es lo lógico cuando estás en la cocina y te sobra el tiempo. Puso a calentar el agua.

—¿Llegaron hoy? —preguntó.

—Sí —dijo la reportera—. Tuvimos que tomar tres vuelos para venir desde Oslo.

Oslo. Oh... Entonces no era ni alemana ni sueca, sino noruega. Un país pequeño, sí, pero quizás no tanto como el suyo. Se le hacía raro que su reputación se hubiera extendido por todo el mundo; su popularidad en el extranjero no dejaba de sorprenderlo. De cierta forma, lo querían aún más en los países extranjeros. La gente que te mira gobernar de cerca ve tus verrugas y cicatrices, tiene razones para decepcionarse por lo que no pudiste resolver. Pero no era momento para enredarse en eso. El expresidente colocó dos tercios de yerba en el mate y la inclinó hacia un lado para crear un hueco, donde dejó caer unas gotas de agua fría para que la yerba no se queme. Luego metió la bombilla metálica. Era el ritual más reconfortante. Nunca daba por sentada la libertad de hacer mate. No desde que había pasado años sin ella. Sin tantas cosas. Cuando estuvo lista el agua, la colocó en un termo, cebó el primer mate con el agua del termo y lo bebió. Luego lo rellenó y se lo ofreció al camarógrafo, quien negó con la cabeza en señal de disculpa, y después a la reportera, quien tomó el mate con una delicadeza que rayaba en la reverencia. ¿Sentía reverencia por el mate o por el hombre que se lo ofrecía? ¿Qué rayos pensaba esa mujer de él? Qué cosa más extraña nunca ser capaz de verte por completo a través de los ojos ajenos.

—Ese tubito de metal es la bombilla. Haga lo que haga, no la agite —le advirtió.

La reportera quedó congelada, como solían reaccionar los extranjeros que se sentían al borde de la transgresión. Había estado a punto de hacerlo. Igual que todos. Parecía haber algo humano, casi primordial, en el impulso de revolver.

—La yerba tiene que quedar quieta o se atasca donde no debe y el agua ya no fluye.

—Ya veo —contestó la reportera. Lo probó. Dio unos cuantos sorbos más y le devolvió el mate—. Está muy bueno —dijo con cortesía. Él se cebó otro mate y sintió el líquido amargo calentarle la garganta y despertarle la cabeza. Lo rellenó y le lanzó una mirada inquisitiva a la periodista, pero esta vez ella lo rechazó. Sin embargo, se había unido a la ronda, y aunque algunos lo hacían y otros no, y las dos cosas estaban bien, todo mundo debe ser libre de hacer lo que quiera con su boca y con cualquier otra parte de su cuerpo, él había luchado toda su vida por esa clase de libertades, ¿o no?, el expresidente sintió que el gesto había cerrado la distancia. Ella se había acercado a su mundo, porque la ronda siempre unía a la gente sin forzarla, como si el mate tendiera una red invisible al pasar de mano en mano.

—¿Vamos afuera? —preguntó ella.

Él asintió y dejó el mate y el termo en la mesada con un ligero tañido; un premio para cuando terminara la entrevista.

En el jardín junto al patio, al lado de la casa, la reportera y el camarógrafo acomodaron las dos sillas como mejor les pareció y el expresidente y ella se sentaron frente a frente. El camarógrafo empezó instalar su trípode. El aire estaba cálido, mecido por una suave brisa. Las copas de los árboles susurraban mansamente y el pasto estaba bañado de luz. El expresidente respiró lentamente una, dos veces, mirando las hojas desordenadas, imaginando que recibían su exhalación con gusto, ingerían su aire, que espiraban oxígeno, un regalo para los pulmones animales, y qué era él sino un animal unido a ellas por el aire circundante, en realidad era ciencia básica, pero lo ayudaba ponerse en sintonía con ella todos los días. Respirar con las plantas. Estar vivo. Era una cosa sencilla, pero cuán seguido lo había atrapado y cargado de vuelta a su piel tras un largo día de trabajo. Estaba contento de estar afuera, rodeado de tanto verde. También estaba contento de estar sentado, aunque eso no lo habría admitido en voz alta. Sus articulaciones estaban de malas aquel día, le dolía estar parado. La vejez lo asombraba casi a diario; había pasado gran parte de su juventud y de su mediana edad convencido de que nunca llegaría a viejo. Resistió el impulso de rascarse las heridas de bala en la pierna, piel nudosa debajo de sus pantalones.

—Así que este es su famoso jardín —dijo la reportera, mirando lentamente a su alrededor.

El expresidente arqueó las cejas, sin esconder su agrado, y en realidad, pensó: ¿Por qué debería esconderlo? En muchos otros temas prefería adoptar una actitud modesta, le restaba importancia al poder que tenía, descartaba los halagos, se comportaba con humildad, pero en cuanto a este tema, su jardín, se permitía el lujo del orgullo.

—¿Y lo atiende usted solo?

—Sí. Mi esposa también ayuda, pero en general lo hago yo. No tenemos jardineros externos, eso nunca.

—Y cultiva verduras.

—Claro. Por allá —señaló el sendero que se torcía detrás de un arbusto verde y frondoso—. Podemos ir luego si gusta, le muestro la parcela.

—Me encantaría. ¿Qué es lo que cultiva?

—Ay, de todo. Tomates, zapallitos, cebollas, albahaca, perejil, zanahorias, pepinos, lechuga, acelgas...

—Cuántas cosas —dijo ella, y su admiración sonaba genuina.

Se preguntó si ella también cultivaría plantas en Oslo. Si conocía los placeres y las exigencias de las raíces y la tierra. No mostraba ningún indicio; se veía limpia y pulcra en su blusa negra con saco, una profesional a la vanguardia del mundo, pero eso no significaba nada, de todos modos podía tener un amor secreto o no tan secreto por la jardinería que saliera a la luz en su vida privada.

—Sí, por supuesto —explicó él—, cultivamos lo que necesitamos, es decir, las cosas que nos alimentan y las que son hermosas.

—Como las flores.

—Totalmente, como las flores.

—¿Su belleza satisface una necesidad?

—¿Usted no lo cree?

Ella se detuvo, a punto de responder, luego sonrió hasta recobrar su papel de interrogadora.

—¿Y las verduras lo alimentan? Es decir, ¿se las come?

—Sí, claro.

—Y las flores lo alimentan de otra manera.

—Sí. —Se reclinó en la silla y dejó descansar las manos sobre las piernas—. Siempre he cultivado flores.

—Me enteré al leer sobre usted. Qué oficio tan interesante.

—¿En serio?

—De florista a presidente.

—La mayoría de la gente dice *de guerrillero a presidente*. O *de preso político a presidente*. Creo que les parece más dramático.

Ella captó la ironía de su comentario, pero mantuvo una expresión estable y neutra.

—¿Y sí es más dramático?

Sintió que la reportera se asomaba a su interior. *Toc toc.* ¿Qué hay ahí?

—Ninguna opción es más o menos dramática, todas forman parte de mi vida, y todas las partes reales de una vida merecen ser contadas.

Ella sonrió como incitándolo a continuar, pero él no lo hizo.

El silencio se acumuló entre ellos. Era cómodo. Recordó lo que otra reportera noruega le había dicho años atrás, justo después de que lo eligieran presidente: *La gente no siempre comprende que nuestra cultura está cómoda en el silencio; se siente como en casa.* Podía sentir la falta de inquietud, la capacidad de acurrucarse en el silencio como si fuera un fuego, como si el silencio pudiera ser un fogón cálido en una noche fría, un suave nido para la mente. ¿Había pasado tiempo con noruegos desde entonces? Estaba seguro de que sí —había habido tantas reuniones en embajadas y cumbres internacionales a lo largo de los años—, pero quizá no en un espacio tan íntimo, solo ellos tres, los noruegos y él. El espacio podía parecer tranquilo, solo ellos tres, pero nunca se sabe, podía pasar cualquier cosa, no había guion hasta que se pronunciara palabra, ¿y acaso eso, pensó, no es exactamente lo más terrible y excitante del asunto? Ja, qué tal eso, un octogenario contemplando lo emocionante de la vida cotidiana. Había creído superado todo entusiasmo. Y, sin embargo, puedes llegar a la vejez y descubrir lo contrario: que la intensidad puede persistir en esa etapa de la vida, solo que con una textura diferente, despertada por las cosas más pequeñas y ordinarias.

Angelita se acercó a la reportera y le husmeó las rodillas.

—Qué perrito encantador.

—Es mi preferida —dijo el expresidente—. Todos los demás perros lo saben, todo el mundo lo sabe, así que no hay necesidad de esconderlo. Me tiene rendido a sus pies.

La reportera se inclinó para mirarla más de cerca.

—¿Perdió una pata?

Al expresidente se le tensó el pecho.

—Fue un accidente, con un tractor.

Había sido él. Había estado tras el volante del tractor mientras los perros jugaban y correteaban a su alrededor, demasiado cerca, no se había fijado... Alejó el recuerdo de su mente. Un accidente desgarrador. Perdió la pata, pero se salvó después de largas horas, que al expresidente se le mezclaban en un borrón brillante en la memoria, llenas de sangre y de horror y de luz y de sudor por la espalda mientras gritaba por dentro *no te mueras, no te mueras*. Angelita no se murió. Caminaba lenta e incómoda, pero conservaba su buen humor, seguía siendo la misma perrita dulce de siempre y, milagro de milagros, no le guardaba el más mínimo rencor al hombre que la había atropellado y le había aplastado los huesos. Le era totalmente leal, más leal de lo que había sido y podría llegar a ser cualquier funcionario de gobierno, y no solo eso, sino que cada día lo quería más. Él también la quería. Y cuánto. Después del accidente, su devoción se volvió absoluta, pura y sagrada. Se levantaba temprano para cocinarle su plato favorito, carne picada salteada en aceite, un hábito que mantuvo durante la presidencia. Angelita restregó la cabeza contra la pierna de la reportera, satisfecha con lo que había olido, luego trotó hacia el expresidente con ese paso alegre y disparejo que solo ella tenía.

—Le cae bien —le dijo a la reportera.

—A mí también me cae bien.

El expresidente rascó a Angelita detrás de las orejas, sintió cómo se derretía contra él.

—Habla muy bien español.

La reportera sonrió con un placer absoluto.

—Gracias. Es mi gran pasión. Estudié Literatura Latinoamericana en la universidad.

—¡Ah! ¿Y cuál es su libro latinoamericano preferido?

—Dios mío, hay muchos —dijo, y se quedó flotando al borde de un pensamiento, indecisa, al parecer, entre caer en la pregunta y mantenerse en su labor—. Hay muchos de su país que me encantaron. ¿Usted tiene un libro preferido?

Era buena entrevistadora, devolvía la atención hacia él con tal astucia que podrías no darte cuenta. *Los libros me salvaron la vida*, pensó en decir, pero esa respuesta lo llevaría directamente a sus años de cárcel, a los últimos, cuando por fin le dieron permiso de leer y empezó a resurgir de aquel lugar sin nombre en el que había estado. Demasiado profundo. Aún no. Mejor usar la misma estrategia que ella.

—Muchos —dijo.

La reportera sonrió de oreja a oreja y se volvió hacia el camarógrafo.

—¿Todo listo?

—Ya estoy grabando.

Claro. El viejo truco. Que empiecen a hablar antes de saber que los están filmando. No lo agarraban con la guardia baja; sabía exactamente cómo lo hacían. Lo que lo sorprendió fue cuánto se había abierto ya si supuestamente aún no habían empezado.

—Veamos —dijo ella—. Muchas gracias de nuevo por recibirnos, Sr. Presidente.

Él asintió, esperó. No le gustaba que le dijeran *Sr. Presidente*, nunca le había gustado. Había sermoneado a sus asistentes hasta que se rindieron y empezaron a usar su nombre de pila, pero había aprendido hacía mucho que se necesitaba mucho más tiempo que una entrevista para acabar con el hábito; además, a algunos extranjeros los perturbaba salirse de las formalidades, así que qué importaba. No dijo nada.

—Tiene muchos admiradores en Noruega.

—Muchas gracias.

—En serio. Usted es un faro de esperanza que le da al mundo una imagen distinta del liderazgo, nos demuestra que es posible que un presidente sirva de verdad a su pueblo.

Él arqueó las cejas.

—¿No cree que sea verdad?

En algún lugar que no podía ver, aquel zorzal tozudo había iniciado otra canción.

—Pues bueno, ¿cómo decirlo? Hay muchas verdades.

Ella se inclinó elegantemente, con los ojos bien abiertos.

—¿Como cuál, Sr. Presidente?

En la celda, días lúgubres, horas lúgubres, el entusiasmo de las hormigas no lo dejaba descansar. Cada vez que se dormía, chirriaban juntas, primero bajito y luego cada vez más fuerte hasta que la cabeza le vibraba y terminaba despierto. Habían pasado cosas en la cámara de tortura, más de lo que había entendido, más de lo que quería entender, pero también más de lo que creía la gente de afuera cada vez que se atrevía a susurrar al respecto: no solo habían usado La Máquina en su cuerpo, no solo había habido picanas y capuchas y agua, también le habían implantado algo en el cerebro —estaba seguro, en los días más lúgubres estaba completamente seguro—, algún tipo de chip, de receptor de radio, alguna tecnología terrible importada de, dónde más, Estados Unidos, claro que la habían hecho en Estados Unidos, porque los torturadores de su país habían sido entrenados por intrusos de aquel lugar. Y ahora a causa de ese chip, de ese receptor, no podía controlar su propia mente, zumbaba en su cabeza y aullaba cosas que no quería oír, frecuencias, gritos, canciones revueltas, voces desgarradas, el entusiasmo de las hormigas. Apagarlo. Tenía que averiguar la manera secreta de apagarlo. ¿Qué proeza mental podría vencer a un enemigo tan artero? ¿Cómo ganar cuando traes al enemigo implantado en el cerebro? ¿Qué fuerza mental sobrehumana se requiere para elevar tus pensamientos a la frecuencia adecuada para la supervivencia? ¿Cómo encuentras esa fortaleza, de dónde la sacas, cuál es el método? Era una batalla muy interna y le quedaban pocas fuerzas. A veces ni siquiera quería intentarlo. A veces solo añoraba el estupor del olvido, caer como dormido, pero en un estado más anestesiado que el sueño, más permanente, un desvanecimiento del que no tuviera que despertar nunca.

Y sin embargo.

Cada vez que la tentación se arrastraba hacia él, ese *y sin embargo* lo sacudía.

El estupor era exactamente lo que querían lograr con él.

Otra parte de su mente, una parte libre de artefactos, lo recordó y lo llevó a la superficie para que lo oyera. El estupor lo convertía en un preso fácil. Un ciudadano dócil. A los fascistas les encanta el estupor. Insisten en el estupor. Cállate. Apágate. Vuélvete una mente pasiva. Esperaban eso de todo el mundo, no solo de los prisioneros, sino del resto de la gente, de las personas que están afuera de la cárcel y fingen que son libres. Las que están en las calles, en sus casas, bajo la dictadura, con esa palabra, *bajo*, como si los gobiernos flotaran como nubarrones oscuros, amenazadores, ensombreciéndolo todo. Una bruma impenetrable. La gente caminando sonámbula en ella, nebulosa de distracción y de miedo. Se imaginaba a las personas en el exterior de su celda, en la ciudad, en los pueblos, en las tierras rurales. Se imaginaba sus vidas ahora. Gente a la que había querido y por la que había luchado. Gente a quien le había fallado. Tratamos de hacer un país nuevo para ustedes, pensó. Tratamos de darles una revolución. Tratamos de darle al país lo que necesitaba, lo que creíamos que necesitaba, lo que creíamos que ustedes querían, y era lo opuesto a esto. Lo siento. Más de lo que creen. ¿Nos odian? ¿Nos culpan? ¿Lloran por nosotros? ¿Piensan en nosotros siquiera?

Vamos, despertá.

La rana. Una voz tan clara que cortaba el pensamiento. Sentirla en sus oídos y en su caja torácica lo llenó de alivio.

—Volviste —dijo y trató de enderezarse para ver mejor a la criatura en la penumbra. Tenía el cuerpo tieso, incómodo. Y, claro, pensó, ya pasé los cuarenta, estoy muy viejo para esto, ja, tal vez debería decirles a los guardias que esto no es apropiado para mi edad, a ver si así aprenden—. No estaba dormido.

Mentiroso.

—En serio.

Tenías los ojos cerrados.

—¿Y qué? No había nada que ver.

Así que ibas a andar así tristón todo el día.

Con un sobresalto se dio cuenta de que las hormigas se habían callado. ¿Por qué? ¿Cómo había hecho la aparición de la rana para sofocar el griterío de las hormigas? ¿Habían huido aterradas de que se las comieran o las aplastaran? ¿O acaso la voz de una cancelaba las voces de las demás? Rana contra hormigas, la gran guerra por el hoyo... o por la mente de un hombre atrapado en un hoyo. Ja. Pero qué historia para una balada homérica. Su mente la reprodujo: Homero en un escenario antiguo o en el rincón de una cantina o en un burdel o en dondequiera que haya cantado sus poemas por vez primera, ahogándose en abucheos e insultos porque qué historia tan patética, unas hormigas y un hombre metidos en un hoyo. La imagen le dio un alivio efímero, un chispazo de consuelo, antes de desaparecer.

—Tal vez.

Pff.

—Bueno, ¿y qué? ¿Qué otra cosa podría estar haciendo?

Prepararte.

—¿Para qué?

Para el resto de tu vida.

La risa subió, rancia, por su garganta.

—No existe el resto de mi vida. La voy a pasar acá o en un hoyo tras otro.

Mentira.

—¿Y vos qué sabés?

Hay capas y capas de misterios.

—¿Misterios? —La rana decía cualquier cosa, por supuesto, pero algo en sus palabras, en la manera en la que las urdía, lo inquietaba—. ¿Qué? ¿Ahora sos cura? Porque no necesito tus sermones de rana.

Claro que sí.

Algo le apretó el corazón. Luchó por ignorarlo.

—Odio a los curas. Odio la iglesia. Seguro que también odiaría la iglesia ranil.

Ay, te encantaría la iglesia ranil.

—¿Y vos cómo carajos sabés?

Lo sé. La rana respiró un par de veces, inflando y luego aplanando la garganta. *Yo sé cosas.*

—Sí, claro.

Como que apenas empiezas.

—¿Que apenas empiezo a qué?

A vivir.

—¡Ja! ¿Y ahora quién es el idiota? Mi vida se acabó. ¡Se acabó! Nunca voy a salir de este hoyo ni de todos los hoyos que le sigan, no me queda nada por delante más que una larga retahíla de hoyos, y si alguna vez consigo salir, voy a ser una ruina (mirame, mirame, por favor), estoy desnutrido, amoratado, roto. —No se había visto en un espejo en años, no querría hacerlo. No se atrevería—. Le sería inútil al mundo.

Sin embargo, la tierra.

—¿La tierra?

Sí. ¿No la has visto? A tu alrededor, mirá.

—Sí, claro que sí, estoy en un hoyo hediondo con piso de tierra, puedo ver la tierra, muchas gracias por señalarlo.

Ni siquiera has empezado a mirarla. No la podés ver. Estás tan ciego que ni siquiera podés ver la tierra.

—Ahora sí te pusiste profundo.

Todo lo real está en lo profundo.

Él abrió la boca, no pudo hablar, se quedó atónito. Trató de contestar, no pudo. Hizo un ruido que no formó palabra.

La rana ladeó un poco la cabeza. Lo miró un instante o dos, brincó hacia un rincón oscuro y desapareció, dejando al futuro presidente con nuevos pensamientos revoloteándole en la cabeza.

‑+‑>‑<‑+‑

Esa vez, la rana regresó al día siguiente. Las hormigas aún no gritaban, el hoyo estaba en silencio excepto por los pasos ocasionales de los guardias sobre su cabeza. Hacía mucho que el muro que miraba se le había vuelto familiar. Estaba hecho de fango, un fango imposiblemente denso. Buscó patrones en su superficie, cualquier cosa, pero, como siempre, solo encontró caos salpicado de bocas gimientes.

Hola.

—¡Ah! Volviste.

¿Por qué no?

—Claro, por qué no. —Sintió calor en su interior, la clase de calor que sientes ante un golpe inesperado a la puerta, en la época en la que un golpe a la puerta aún no significaba peligro, cuando solo significaba la llegada de un amigo, pasá, sentate, tomá un poco de mate, sigue fresco, cómo estás, contámelo todo. Un sentimiento normal en una época que ya no existía. Ahora le dolía recordarla—. Deberías volver a diario.

La rana hizo un ruido que no era una palabra.

—Oye —dijo, pensando rápido, ansioso por evitar a toda costa que su visitante se fuera—. Decime. ¿De dónde sos?

De por acá.

—¿De por acá? ¿Hay pantanos cerca? ¿Lagunas?

De por acá.

—Eso no me dice mucho.

Dice, dice, dice.

—¿Qué? Mirá, cualquier pista me ayuda. Ni siquiera sé en qué parte del país estamos. Me vendaron los ojos y me metieron en un camión y pasaron horas y horas. ¿Estamos en el este? ¿En el norte?

Todo está al norte de algún otro lugar.

Qué carajo, pensó el hombre, pero se contuvo de decirlo. La rana no era un amigo humano. Con este tipo —si podía llamarlo un tipo— no tenía manera de saber qué tan rara sería su respuesta. Y aun así, por frustrante que fuera, tenía razón. ¿Qué podían importarle los relativismos de los mapas a ese animal? La tierra era tierra, sin arriba ni abajo. Pero no, concentrate, no te embrollés tratando de entrar en la mente ranil. Seguí el hilo. Cualquier hilo. Intentá otra estrategia. Y entonces se le ocurrió una idea.

—¿Cómo entraste acá? ¿Cómo sales? ¿Hay tubos? ¿Grietas? Contámelo todo. Si sé lo suficiente sobre este lugar, quizás haya una manera de escapar.

¿Para ti?

—¿Qué es ese ruido? Te... ¿Te estás riendo?

Perdón, pero, vamos...

—Tenés una risa horrible. Como si te tiraras un pedo, o cogieras... o las dos cosas a la vez.

No me puedo contener. De solo pensar en ti... en esos tubos...

—No es tan raro, ¿eh? Ya lo he hecho antes —respondió. Se sintió inflarse de orgullo y no trató de evitarlo; no tenía razón para intentarlo, había pasado tanto tiempo desde que se sintiera orgulloso de algo y ahora estaba recordando lo que él consideraba (y lo que en serio creía que seguiría siendo por siempre) el mayor logro de su vida—. No era un calabozo como este, pero era una cárcel real, de alta seguridad, con todo lo necesario.

¿Te escapaste?

—Éramos ciento seis. ¡Fue una locura! —Sintió un pinchazo con la última palabra, pero ni siquiera eso le robó el placer del recuerdo.

Contame la historia, contámela, tengo hambre.

—¿Qué? ¿Qué tiene que ver el hambre?

Voy a comerme tu historia.

—¿Cómo carajo se come una historia? ¿Sos una suerte de depredador de historias? ¿Creés que mis recuerdos son como tus sucias moscas?

Vamos.

—No...

Con-ta-me.

—Esto da más escalofríos que tu risa.

Vos me la querés contar.

—Maldito seas. Tenés razón.

E l hombre empezó a contar: Sucedió antes de la dictadura, cuando el país aún decía que era una democracia. Pero las cosas ya se habían puesto feas, no se requiere un golpe militar para que un gobierno amenace a su propio pueblo, o lo controle, lastime, trabaje contra él en vez de para él. La posibilidad siempre está ahí, siempre había estado ahí en la estructura misma del gobierno, por lo menos acá, en América, no creo que sepas siquiera lo que es América o si hay cualquier otro tipo de tierra fuera de ella, supongo que para ti la tierra es tierra y punto, pero por otro lado yo qué sé. En fin. Como decía, las cosas ya se habían puesto feas. Censuraban los diarios, los políticos mentían descaradamente, torturaban a los detenidos, los policías disparaban contra los manifestantes como si nada, como si lo disfrutaran, todo eso ya sucedía hacía un buen rato. Ahora parece que fue hace una eternidad, un abismo de tiempo, y qué raro que la memoria pueda brincar una brecha tan amplia como si no fuera nada. Pum, estás en otra época, en otra vida. En esa otra cárcel en el centro de la ciudad. Ya llevaba varios meses ahí y el gobierno había estado barriendo con todos, había más de cien guerrilleros en cana, incluyendo a muchos de los dirigentes principales del movimiento, como yo. La vieja guardia. Los cerebros. Gente a la que conocía desde hacía años, desde los años en el sindicato, desde que nos organizamos para apoyar a un senador rebelde de izquierda, desde que soñábamos con cambiar el mundo. Mis amigos. Tenés que comprender que lo que queríamos era un mundo mejor. No sé si alguien va a creer eso... o si tendremos la oportunidad de contar la historia a nuestra manera; la historia la escriben los vencedores, sobre todo cuando son déspotas. La mayoría de mis amigos de la vieja guardia están en la misma situación que yo ahora, en hoyos más o menos como este, supongo, no hay razón para creer que podremos salir algún día. Probablemente seas el último en oír esta historia de mis labios. Qué suerte que tenés. Ja. Este... ¿Por dónde iba? Bueno, pues volvamos a la cárcel en la capital. En el movimiento había toda clase de gente, no solo veteranos. También había nuevos reclutas, estudiantes y trabajadores jóvenes a los que habíamos inspirado a unirse a la lucha por la liberación, que se habían entregado a la peligrosa vida del revolucionario. Estaban fresquitos y ansiosos, me sentía responsable por ellos. Todos tenían sueños, todos tenían madres, habían tomado sus decisiones igual que yo, pero no podían ver lo jóvenes que eran, no como lo veía yo, a mis treinta y tantos y con heridas de bala cicatrizando en mi cuerpo y años de vivir en la clandestinidad antes de que me atraparan. No estaba seguro de que esos muchachos —y las muchachas también, aunque no estuvieran en cana con nosotros— comprendieran todo a lo que estaban renunciando por unirse al movimiento, no como yo lo comprendía. Pero eso no significaba que no fueran listos ni que no estuvieran comprometidos: eran listos y estaban comprometidos, eran chicos radiantes, habían traído toda su vitalidad al movimiento y no había tortura ni puertas con barrotes ni guardias duros que los detuvieran. Creían que se venía la revolución, creían en lo que podían lograr sus fuerzas al unirlas con las del pueblo. Había un pibe, Alfonso se llamaba, que me seguía por el patio de la cárcel cada vez que podía, preguntándome cosas sobre la fundación y el funcionamiento de nuestra organización, muchas veces no podía contestarle, otras le respondía con bromas para mantenerlo animado. Tenía diecinueve años, era un estudiante de medicina con notas perfectas, torpe y larguirucho, virgen, no lo decía de frente pero se le notaba. Alfonso, empecé a decirle, cuando salgas de acá te conseguís una novia. Ay, no sé, contestaba, con la revolución me basta. ¡Cómo que te basta!, le decía, pero Alfonso se reía y me quitaba de encima su mirada luminosa, y luego la regresaba. Apenas ahora, años después, mientras cuento esta historia acá sentado en este hoyo, se me ocurre otra cosa, que a lo mejor había otra razón por la que Alfonso no se quería conseguir una novia, que a lo mejor no quería una muchacha en absoluto, que su pasión por la revolución estaba atada de alguna forma con otra pasión que no podía expresar. Que el hambre en sus ojos cuando me miraba era por saber sobre el movimiento, claro, por obtener energía revolucionaria, pero también... carajo. ¿Será posible? ¿Será posible que incluso se me cruzó por la cabeza en ese entonces pero lo pasé de largo porque no quería pensarlo? No quería ver en sus ojos, mientras me miraba, lo que intentaba y no lograba ocultar. Lo que siempre decíamos que era lo peor que podía ser un hombre. El peor insulto. Puaj, no. Sabés qué, olvidalo. Olvidá que dije todo eso. Ese Alfonso era un pibito simpático, y espero que haya huido del país antes de que fuera demasiado tarde y que ahora sea libre.

Así que, sea como fuere, la mayoría de los fundadores del movimiento estábamos juntos tras las rejas. Y en unos pocos meses nos enteramos de que el alcalde estaba dispuesto a dejar que nos reuniéramos en una sala abierta si le pasábamos suficientes pesos. ¡Qué días! ¡Cuando un preso podía ver a sus amigos! Y no solo eso, incluso nos dejaban hacer mate para la ocasión, pasarlo en la ronda mientras hablábamos, cuánta libertad. Me duele recordarlo ahora. Nunca imaginé que pasaría años de mi vida sin probar mate, para serte franco, no sé cómo sigo vivo. En fin, esos guardias, ¿sabés qué? Estoy convencido de que algunos apoyaban la causa en secreto, de que hacían lo que tenían que hacer para alimentar a su familia, pero en el fondo creo que querían que ganáramos, sabían que nuestro futuro soñado sería mejor para ellos y sus hijos que el futuro que estaban construyendo los imbéciles a cargo. Pero claro que no podían decirlo de frente, solo demostrarlo en diminutos actos de buena voluntad. Sea como fuere. Nos podíamos comunicar. Habíamos tratado de negociar nuestra libertad con el gobierno a cambio de unos rehenes que habíamos tomado —habíamos apuntado alto, dejame que te diga, teníamos una buena colección, habíamos secuestrado a gente de los altos mandos: un juez corrupto, el embajador británico, un instructor de tortura de la CIA (bueno, ese ya estaba muerto para entonces, pero no puedo decir que se me escurre una lágrima al recordarlo, no podés esperar que eso me dé tristeza, no con los cientos de conciudadanos que había machacado, había practicado con mendigos, prostitutas, gente que creía que nadie iba a extrañar, lo hacía en el sótano de su mansión, el gran país del norte creía que podía mandar a un tipo así a nuestro pobre paisito para romper a su pobre gentecita y nosotros lo aceptaríamos de brazos cruzados, pero no, no aceptamos nada), y en todo caso tratábamos a todos nuestros rehenes lo mejor posible en nuestra Cárcel del Pueblo, así le decíamos—, pero el gobierno dijo que no, no negociaba con terroristas. Atraparon a más compañeros y se abarrotó la cárcel. Uno de los hombres que llegó era ingeniero. Lo invitamos a nuestras reuniones para que nos ayudara a idear la fuga. Parecía un sueño demente, pero sabíamos que unas décadas antes un grupo de anarquistas había logrado cavar un túnel para salir del mismo lugar. Así que, ¿dónde estaban los túneles? No teníamos idea. Preparamos otra ronda de mate. ¿Podríamos encontrar los túneles, ampliarlos, recrearlos, terminar lo que habían empezado ellos? Empezó la misión.

Buscamos los viejos túneles y los encontramos, casi colapsados, tan derruidos y tan preciados como un templo antiguo. Comenzamos a cavar. Cavábamos todas las noches, sin dormir. Un grupo de nuestra gente en el exterior también cavó el último día, debajo de una casa al otro lado de la calle. Ese túnel era una obra maestra, debiste haberlo visto, estaba excavado con una precisión exquisita, una sinfonía de espacio negativo, como una escultura invertida. Todas las noches, después de cavar, cubríamos el hoyo en el muro de nuestra celda en el tercer piso y escondíamos la tierra que habíamos sacado en bolsitas que escondíamos donde podíamos, bajo la cama, en el patio, en grietas que encontrábamos en los muros de la cocina industrial en la que muchos trabajábamos.

Y entonces, unos días antes del día en que habíamos planeado la fuga, llegó de sorpresa el abogado de Alfonso. Buenas noticias, Alfonsito, le dijo: te van a soltar. Te agarraron por una cosita de nada, posesión de volantes de contrabando, hojitas de papel con la palabra *revolución*, ¿por qué te ibas a marchitar en la cárcel por eso? En los viejos tiempos ni siquiera era ilegal porque la libertad de expresión estaba protegida, y ya sé que ya no son los viejos tiempos, pero aun así les dije que no tenían pruebas de cómo habías conseguido los panfletos ni de qué planeabas hacer con ellos, y lo logré, te recortaron la sentencia, te vas el viernes. Y el pibe se puso pálido, porque la fuga estaba planeada para el sábado. Llevaba semanas imaginando que salía de ese túnel con nosotros y era como si se hubiera estado preparando para una suerte de descenso a los misterios o yo qué sé, pero en todo caso se había encariñado con la idea, así que le dijo al abogado: No, gracias, dígales que lo posterguen. ¿Qué?, dijo el abogado, con los ojos desorbitados. ¿Que posterguen qué? Sacarme de acá, dijo Alfonso, y soltó una excusa divagante sobre que la represión aún no había terminado y que quizá estaba más seguro tras las rejas, al menos de momento. El abogado resopló —había llegado muy orgulloso de su logro de liberar a su cliente y resulta que el cliente le niega el regalo— y de pronto se corrió la voz hasta el fiscal de la ciudad de que los presos políticos tenían alguna razón para querer quedarse en cana.

Alfonso se me acercó en el patio, radiante. Le rompí el orto. ¡No podés hacer eso!, le espeté. ¡No podemos permitir que la cana esté husmeando por acá, sospechando de algo! Alfonso se veía un poco abatido, así que suavicé mi postura. Mirá, le dije, todos debemos tener mucho cuidado, ¿viste? La libertad de más de cien hombres está en juego. Nada de lo que hacemos puede lograrse solo porque lo queramos. Es lo básico de la guerrilla. Los valores de la revolución. No solo hacemos las cosas por nosotros, sino por el bien común, ¿viste? Alfonso asintió con fuerza. Eso es lo que yo quiero. Y luego, con timidez: ¿Estoy fuera? Lo miré bien, con el sol en su pelo desaliñado. No, dije, no estás fuera. Este movimiento no es nada sin gente como vos.

La noche siguiente, a las diez en punto, abrimos el hoyo y empezamos a bajar. Los hombres descendían y cruzaban. Uno tras otro. Del tercer piso al segundo y luego al primero. Al llegar al fondo del túnel, donde se volvía horizontal, sentí que mis pulmones cedían, no había aire ahí abajo, con dos hombres frente a mí y más de cien detrás, pero no quedaba más que seguir adelante, arrastrándonos sobre el estómago como las criaturas primordiales de las que habíamos leído en los libros de ciencia. Ya sabés cuáles, esos ancestros antiguos que fueron los primeros en llegar a la tierra, como peces-cocodrilos con manos en las aletas, yo qué sé, seguro que vos también descendés de ellos, quizás a vos no se te haga tan extraña la comparación, pero para mí sí era algo impensable. Nunca me había arrastrado así antes. Me imaginé que era una de esas criaturas. Me imaginé que era un gusano, como los que siempre encontraba en el huerto donde cultivaba verduras para alimentar a mi familia y flores para pagar las cuentas, gusanos que no me gustaba matar, de niño lloraba cuando mi pala cortaba uno en dos sin querer. Ahora era un gusano en la oscuridad, sin necesidad de ojos. ¿Sabías que las lombrices no tienen ojos? Cerré los míos. Aspiré la tierra. Dejé que la tierra se convirtiera en una nueva clase de aire, en una vieja clase de aire, algo que podría gustarles a mis pulmones. Una criatura terrestre, pensé mientras avanzábamos lentamente, una criatura terrestre, la única manera de sobrevivir era dejarme convertir en criatura terrestre, hasta que pareció que nuestros 106 cuerpos se habían fusionado en un todo larguísimo, en un gusano gigante tentando la tierra, amasándola, dándole forma desde adentro. Criatura terrestre de camino a la libertad. Hacia adelante, hacia adelante eternamente... y luego, por fin, hacia arriba, más arriba, voces, luz. Salimos por el piso de la casa de una vieja, una carnicera que tenía su tienda en el primer piso, y donde entramos era el cuarto de atrás, un lugar lleno de carne roja colgando de ganchos, cadáveres crudos por doquier; la vieja se había asustado al principio cuando unos subversivos tomaron su casa unas horas antes, pero para cuando llegamos había hecho café para todos, para esos jóvenes revolucionarios con sus armas y sus planes y sus amigos que salían por las baldosas, sucios y rebosantes de vida.

Qué buena historia.

—Y todo es verdad.

Más.

—¡Qué! —Lo irritó esa petición tan rápida, tan pronto después de terminar la narración. ¿Acaso un buen relato no merecía una pausa, un respiro, un espacio para que pudiera resonar? Ese momento en que una audiencia normal aplaude y vos podés regodearte en tu triunfo, bañarte en las palmas o, si habías estado hablando con un círculo de compañeros, bañarte en su risa, en su *sí* ronco y gozoso. Le llegó de golpe el recuerdo de esos tiempos. Lo vació por dentro. Pedir cosas tan pronto le parecía casi obsceno—. ¡Después de todo eso!

Más.

—No puedo.

¿Por qué?

—Estoy cansado.

Andate a la mierda.

—Ey, momento...

No, andate a la mierda. No es justo. ¿Después de todo lo que hablaste para los demás?

—¿Los demás quiénes?

Las hormigas, las arañas.

—Ay, por favor, no empieces otra vez con eso. Pero, esperá, ya que tocaste el tema, ¿en serio oíste todo eso?

Claro que lo oí.

—No te vi. ¿Estabas escondido? ¿Espiándome? ¿Dónde estabas?

Eso no importa. Lo que importa es...

—¿En los tubos? Vamos, tenés que contarme sobre los tubos...

Callate, te digo. A ellas les contaste cosas...

—Claro que no. Divagué, hablé, ni siquiera sabía lo que decía y despotricar no es contar cosas, ni siquiera se acerca. Acabo de contarte mi mejor historia. ¿Cuándo fue la última vez que alguien te contó una historia así? ¡Y que además fuera real! ¿Y me lo vas a comparar con mis divagaciones con las arañas?

Primero las dejás engordar con tu voz y ahora, a mí me amenazás con cerrar el pico.

—Bueno, tal vez sea porque vos no cerrás el tuyo.

¡Ey!

—Yo solo digo… —Aunque era mentira. Estaba nervioso: en realidad (no podía negarlo), no quería perder la compañía ni la voz de la rana.

Te digo que no es justo. Quiero historias. Quiero comerme tus historias.

—Eso no tiene sentido.

No necesito sentido.

—También asusta. Como si fueras un Drácula ranil que quisiera chuparme la voz. Como si mi voz fuera sangre.

¿Y qué? Dame una probada.

—¿Qué? No puede ser cierto, ha de ser otra pesadilla.

Pellízcate.

—¡Ay! Tenés razón, qué cagada, no me puedo despertar.

Así que te quedás despierto acá y me das más.

—Sos un glotón, ¿lo sabías?

La rana ladeó la cabeza y se le quedó viendo sin parpadear. ¿Podían parpadear las ranas? ¿Alguna vez había visto parpadear a esa?

Esa no es la razón.

—¿Qué?

Hay otra razón. Dame una probada.

—¿Por qué?

Porque lo necesitas.

—Claro que no.

Lo necesitas, tu vida depende de ello.

—¿Qué rayos? ¿Por qué?

Ya verás.

Giró en círculos alrededor del inicio de varias historias, como un buitre que vigila sus huesos. Había una vez, había otra vez, en un país lejano. Había perdido la confianza, y había empezado a ansiar la aprobación de la rana, aunque no quisiera admitirlo ni pudiera decir por qué. Con cada inicio fallido, la rana se quedaba impávida, ni siquiera croaba. No daba indicios de nada. Así que el hombre tomó el hilo que más brillaba y lo dejó guiarlo por el laberinto.

Había una vez, dijo, dos soldados golpeando a un hombre, y el hombre era yo, aunque no fue en esta celda, sino en otra, hace como unas tres mazmorras, y aquel día o noche —no tenía manera de saber la hora— mi mente hurgó para alcanzar algo, cualquier cosa, un pensamiento que me ayudara a cruzar el río de dolor. El pueblo. Eso fue lo que alcancé. Lo había dado todo por el pueblo, había dedicado mi vida a su libertad, así que quizás mi amor por él podría llevarme a buen puerto. Fue lo único que mi mente pudo encontrar para aferrarse a ello. Y así, hecho bolita en el suelo, tratando de protegerme el cráneo porque sabía que una cosa es que te rompan una costilla y otra muy distinta la cabeza, expandí mi mente hacia el pueblo, hacia cada persona individual, expandí mi consciencia como una esfera, como uno de esos campos de fuerza que proyectan los héroes en las historietas, y dejé que envolviera a la gente de mi país, a toda, a la triste, a la muerta por dentro, a la decepcionada con la revolución y a la tímida por miedo al régimen, a la gente en el mercado y a la gente en la oficina, en la escuela o en la cama, decidida u oprimida, con la frente en alto o la cabeza gacha, arreglados o desaliñados como tantos de mis paisanos, hombres o mujeres, jóvenes o viejos, la gente con mucha comida en casa y la que le da mordiditas al último mendrugo de pan o que lo divide aún más para los niños, la que seguro tiene miedo en estos tiempos y que ha de ser casi todo el mundo, la que ve cuán sombrío se ve el futuro sin nadie de confianza al volante, la que se levanta de la cama por la mañana y se trenza el pelo y pone agua a hervir y pan a tostar a pesar de lo lúgubre que se ve el futuro, la que se distrae con fútbol o whisky o sexo o cebando mate con manos temblorosas. Empapé mi mente en el pueblo y les dije: todavía los quiero, con mi voz interior mientras oía de lejos que mi voz exterior gemía por un golpe, yo sigo acá, mientras ustedes sigan respirando yo también respiraré. Apelé al pueblo como otras personas apelan a Dios. Un dios llamado Nosotros. Esa es la mejor manera que se me ocurre para expresar lo que hice: lancé mi mente hacia afuera para abrazar al Nosotros.

Eso duró unos momentos dulces, pero luego se derrumbó, y dejame que te diga por qué, aunque no me guste admitirlo: la gente es hermosa, pero también caótica.

En algún lugar de la ciudad, mezclados con todos los demás, viven los guardias, los torturadores, los generales que dieron todas las órdenes impensables, las esposas que sonríen tensas ante el té y los intrincados bizcochitos comprados con dinero ganado con actos de tortura, y mi imaginación insistió en incluirlos también, porque quería abrazar a todo el Nosotros que pudiera. Ahí junto a mí había dos soldados, y cómo anhelaba poder fingir que no formaban parte de la gente, que no eran el pueblo. Mi entrenamiento me había enseñado a no considerarlos parte del pueblo, sino lo contrario, enemigos del pueblo, o cuando menos víctimas de los enemigos del pueblo que les habían lavado el cerebro para convertirlos en lo que eran, y por supuesto eso eran, enemigos o títeres de los enemigos, qué más iban a ser. A fin de cuentas ahí estaban, cumpliendo con su jornada laboral, pero sus manos eran demasiado reales, eran carne, eran demasiado humanos, me distrajeron de mi viaje, lo pincharon, le abrieron hoyos a la amplia tela de mi amor. ¿Y dónde parar? Si la labor de un revolucionario era liberar al pueblo, a todo el pueblo, qué pasaba con los supuestos enemigos, los soldados y los sargentos y los niños que los recibían en casa después de un largo día de tratar a los prisioneros como escoria humana —claro que los recibían bien, eso hacen los niños, les echan los brazos al cuello, ellos qué van a saber y quién podría culparlos, yo no los culpaba— y qué había de los soldados, no eran niños pero tampoco eran hombres, a algunos ni siquiera les crecía el bigote, tampoco los habían criado en las mansiones de los ricos, sus manos, me dolía, todo me dolía, expandir mi amor hasta desgarrarlo me dolía mucho, me punzaba, como si fuera una bandera que se había extendido demasiado y había acabado hecha jirones por un vendaval, llamé a mi mente de vuelta, la enrollé de vuelta hacia mí y regresé a una velocidad vertiginosa a ese cuerpo molido en el suelo.

E sa no estuvo tan buena.

—Ah, ¿no?

No va a ningún lado.

—Uf, perdón por decepcionarte. Solo trataba de darte lo que querías.

A este paso nunca lo vamos a encontrar.

—¿Encontrar? ¿Encontrar qué?

No me corresponde decirlo.

—¿Un festín de historias con el que te puedas llenar? Sí que sos raro, carajo.

No. Eso no. Yo doy probaditas en el camino, pero el resto es para vos.

—No tengo idea de qué querés decir con eso del resto. ¿Qué es eso?

Ya te dije. Es un para vos.

—Mmm... bueno. —La curiosidad lo tentaba, no podía evitarlo. Las ganas de burlarse de la extraña forma de hablar de la rana iban y venían—. ¿Algo que, este, tenemos que encontrar?

Sí.

—En primer lugar, eso no tiene sentido...

No necesitamos sentido.

—Ahí estás equivocado. Yo sí necesito sentido. Todo el mundo necesita sentido.

El sentido no es la necesidad.

—¿Qué? No te... ¿Por dónde iba? En segundo lugar. ¿Qué era...? Claro, en segundo lugar, ¿cómo vamos a encontrar algo si no lo explicás mejor? ¿Por qué no me decís lo que buscamos y ya?

Lluvia.

—¿Eh? —La respuesta era *lluvia*, pensó como un demente, *lluvia* era la respuesta, pero ¿cuál había sido la pregunta? Le dolía la cabeza y...

Afuera viene la lluvia.

—Ah. —Entonces no era la respuesta. No estaba seguro de si se sentía decepcionado o aliviado—. Ojalá que lloviera acá dentro, me muero de sed.

Los ojos de la rana parecieron brillar en la penumbra.

—¿Cómo hacés eso?

¿Cómo hago qué?

—¿Que te brillen los ojos?

¿Cómo alumbra el sol? ¿Cómo cae la lluvia?

—Eso no tiene sentido.

¿A quién le importa?

—A vos no, de eso no hay duda, lo has dejado bien claro.

¡Gracias! ¡Gracias a vos!

—¡Calmate! Lo que pasa es que damos vueltas en círculos. Sigo sin saber cómo vamos a tener una conversación sin sentido.

Ya la estamos teniendo.

—Carajo, supongo que tienes razón.

Justicia.

—¿Qué hay con la justicia?

Sigue la justicia.

—¡Ja! La justicia, nunca. —Un sabor acre en su boca—. Eso no existe.

Contame una historia de justicia.

El hombre abrió la boca para protestar, para insistir en que no le iban a decir qué hacer, pero se le atascó la mentira en la garganta; claro que le iban a decir qué hacer. A fin de cuentas, era guerrillero; sin importar cuánto hubiera ascendido en el escalafón, nunca había dejado de seguir órdenes. Sin órdenes no había orden. Sin orden no había fuerza, sin fuerza no podías ganar. Eso era lo que les habían dicho y lo que él les había enseñado a los nuevos reclutas, para bien o para mal, y no quería pensar en para cuál había sido, para bien o para mal. Y mirate, pensó con amargura, qué clase de revolucionario sos, recibiendo órdenes de una rana. Y sin embargo no le parecían tan ajenas, tan distintas a otras clases de órdenes; era cierto que no era como recibir instrucciones de los altos mandos del movimiento, pero sí se sentía como escuchar a la tierra cuando plantaba flores, dejar que le dijera cuánta agua, dónde poner las raíces. Entonces eso. Una historia de justicia. ¿Y eso qué era? El futuro presidente se lanzó en una búsqueda entre los escombros de su mente.

L

a reportera y el expresidente ya llevaban un rato hablando, con el camarógrafo, testigo mudo, rondando en el fondo. Habían discutido una gama de temas, desde el pasado lejano hasta el más reciente, desde lo personal hasta lo presidencial, capas que, para él, tenían formas propias y sin embargo se superponían y nunca estaban totalmente separadas, como las olas del mar. ¿Cómo podía alguien dejar de ser él mismo solo por convertirse en jefe de Estado? Siempre llevas a todos lados lo que traes en tu interior. Ganar poder no cambia quién eres, aunque pueda amplificar algunas partes de tu personalidad. Hasta entonces había logrado evitar más confesiones, aunque la historia de la rana siguiera acechando en el borde de sus pensamientos. El zorzal se había callado. De vez en cuando, a lo lejos se oían los autos.

Entonces ella pasó al tema de las leyes que había aprobado durante su presidencia, la legislación progresista con la que había cambiado la faz de...

—Yo no —dijo el expresidente—. Nosotros.

—¿Disculpe?

—Las leyes las aprueba un *nosotros*. —Cerró los ojos un instante, vio verde, verde frondoso, y los volvió a abrir—. Eso es muy importante. El Congreso participó, y también la gente que votó por nosotros y que nos envió propuestas y demandas de lo que quería ver. Las leyes son como las revoluciones: nunca nacen de una sola persona.

—A menos de que esa persona sea autoritaria —dijo la reportera.

El expresidente abrió los brazos en ademán de inocencia.

—Me pueden acusar de muchas cosas, pero no veo cómo podrían acusarme de eso.

—Es cierto —dijo la reportera, asintiendo—. Si le soy sincera, nunca había oído que compararan las leyes nuevas con las revoluciones.

—Ah.

Ella esperó unos momentos y, como él no siguió, insistió.

—Su esposa está en el Congreso, y también estaba ahí cuando aprobaron esas leyes transformadoras.

—Sí. Es una avalancha —dijo y recordó aquella ocasión poco después de haber ganado las elecciones, cómo se sentaron durante horas una mañana bebiendo mate en la mesa de la cocina, la misma cocina desde la cual dirigirían todas sus campañas y tomarían decisiones nacionales e íntimas, grandes y chicas. ¿En qué nos metimos?, preguntó él mientras tomaba el mate para cebar la siguiente ronda. *En la presidencia*, contestó ella. Dios mío, replicó mientras vertía. el agua, luego bebió hasta que los restos del líquido borbotearon entre la yerba, cuando lo decís no creo lo que oigo, en serio está pasando, ¿quién lo habría pensado? *Te imaginás*, dijo ella, *las vueltas que ha dado nuestra vida, qué viaje, qué historia.* Como escrita por García Márquez, asintió mientras le devolvía el mate lleno. Ella lo tomó y dijo: *¿Sabés qué da risa? Adiviná quién te va a tomar el juramento.* No había pensado en eso, metido como había estado en la campaña. Así que dijo: Me rindo, ¿quién? *¡Yo! ¡No como tu esposa, sino como líder de la mayoría en el Senado!* Se quedaron así, mirándose. ¡Vos!, dijo él. *Yo,* dijo ella. *Y. Vos.* Y se rieron hasta que les dolió la panza y se les juntaron lágrimas en las arrugas alrededor de los ojos—. Siempre ha sido una avalancha.

—Sin embargo, ¿acaso no tiene el presidente un papel particular, porque dirige la carga del cambio político?

—Lo que mucha gente no entiende es que el poder no es singular. No proviene de una persona ni le pertenece a una persona. Le pertenece a la colmena. Un dirigente canaliza ese poder, pero no le pertenece, y no hay poder sin la colmena.

—Eso es si vivimos en democracia.

—En democracia y en cualquier parte.

—Lo dice —respondió y su voz se tornó suave, cuidadosa—, a pesar de haber vivido en dictadura.

—Claro.

—Los autócratas no creen eso.

—No.

—¿Destruyen la colmena?

—Lo intentan. Pero no. Pueden eliminar al enjambre, pero no pueden destruir la colmena.

—¿Eso es lo que se viene en Estados Unidos? ¿Autoritarismo?

—Ah... —dijo arqueando las cejas. Ahí estaba. El tema del norte, del desastre de allá y lo que podría desatar. Todavía no lo habían tocado, pero lo había sentido acechándolos desde los linderos del jardín, merodeando, esperando el momento oportuno. Respiró hondo. Parte de él deseaba poder hablar sobre la manera en la que el sol había empezado a iluminar las ramas de los árboles, pero se regañó: Vamos, viejo, vamos.

Sin embargo, antes de que pronunciara palabra, la reportera lo interrumpió.

—¿Sabe qué? —dijo un poco desorientada, como si la hubiera sorprendido su propia pregunta—. No toquemos ese tema todavía.

Desvió la vista hacia la vereda que llevaba al huerto. El expresidente sintió miedo debajo de sus palabras, y algo más también, una carga que no podía definir por completo. Esperó.

—Tendremos que tocarlo tarde o temprano (yo voy a querer tocarlo), pero no estábamos ahí, regresemos a discutir cosas más esperanzadoras.

—Por qué no —dijo el expresidente pensando en el sol sobre los árboles, pero no lo mencionó.

—La legislación que aprobaron durante su presidencia en este país. Me parece que no solo cambió la forma de los derechos civiles, sino de la cultura. Y parte de ella tuvo un efecto más allá de sus fronteras, esas leyes formaron olas a nivel internacional, sirvieron de ejemplo. La legislación de la marihuana y del matrimonio homosexual y del aborto durante el primer trimestre. La ley de acción afirmativa para los ciudadanos negros. Son muy esperanzadoras.

—¿Le parece? —preguntó él.

—¿Y por qué no?

Se imaginó contándole el contexto de cada ley, el terreno complicado, el clamor de los activistas que insistían en que debían seguir adelante, que esas leyes no bastaban, los grupos de mujeres con su *¿y qué hay del segundo trimestre? ¿Qué hay de las adolescentes que no consiguen el consentimiento de sus padres? ¿Y qué hay de otros temas como* *la violencia doméstica?* y los grupos de justicia racial con sus toneladas de estadísticas lúgubres sobre desigualdad, apenas habían tocado la superficie del problema, qué había del desplazamiento de negros durante la dictadura, cómo podrían restaurar esos barrios, qué había de la disparidad racial en educación, de la disparidad económica que se rehusaba a irse, el racismo tenía raíces de siglos aquí, igual que en toda América, era sistémico, una ley no lo iba a solucionar, quedaba mucho trabajo por delante. Y era verdad. Quedaba mucho trabajo por delante. La ley de acción afirmativa y las demás tan solo eran paradas en el camino. No habían concluido la creación de un país justo, para nada, apenas comenzaban. Sería una labor de generaciones, no de un solo gobierno sino de muchos, cada uno construyendo sobre el trabajo del anterior si tenían la suerte de evitar un giro extremo hacia la derecha. Mientras tanto, tenía muchos electores desencantados que creían que el progreso había sido demasiado lento en tal o cual frente, y que no veían con el mismo optimismo las leyes que había mencionado la reportera. Dentro del país, se cuestionaba su impacto. Y, sin embargo, parecía mejor que sus logros brillaran para los demás países, que les mostraran la luz: miren, algo se ha hecho, poco a poco y puntada a puntada podemos volver a urdir el mundo.

—La esperanza es a futuro, pero esas leyes ya están acá.

—Bueno, pues nos dan esperanzas al resto del mundo.

—Qué bueno —dijo. Recordó el día en que firmó cada ley, la calidad de la luz en el Palacio Presidencial mientras estaba sentado en su escritorio, rodeado de senadores. Antes de su presidencia, siempre había creído que firmar las leyes no era más que una formalidad, pero en cuanto empezó a participar en la experiencia comenzó a ver algo más profundo en ella, algo arquetípico, una suerte de momento totémico. Un círculo de burócratas a tu alrededor, como un círculo de druidas. La atracción del ritual. El decreto legal como una poción mágica bidimensional. Los seres humanos necesitan rituales. Él era ateo, pero eso no significaba que no pudiera ver su poder. Los rituales apelan a los fondos más profundos de la mente humana. De todos modos, le gustaba condimentar esos momentos sacros con toques de lo profano, como diciendo: miren, lo sacro y lo profano van de la mano, están hechos para mezclarse. El día en que firmó la ley del matrimonio homosexual, tomó un bolígrafo que le extendía su asistente (un Bic viejo que los dientes inquietos de alguien habían mordisqueado, porque cualquier pluma servía para hacer una ley, incluso la tinta más sencilla lo lograba, era asombroso, firmas con tu nombre y la ley cobra vida, el aire cambia de rumbo en todo el país) y al voltear a ver la página que daría luz a la ley pensó en el joven Alfonso, el revolucionario con el que había estado en cana en la ciudad, Alfonso, cuyo paradero nunca logró averiguar. Tal vez había conseguido huir del país y evitar años de prisión; tal vez lo habían encerrado y había salido al regresar la democracia. Tal vez incluso había encontrado una manera de vivir la vida que debía vivir, de alimentar la chispa que había luchado por esconder tantos años atrás, si es que, de hecho, el presidente tenía razón sobre lo que creía haber visto hacía tantas décadas. Una chispa que todos sabían repugnante. Al verla en Alfonso se le ocurrió verla de otra forma por primera vez. Incluso ahora cambiaba de opinión a cada momento: desdeñar a esa gente era discriminación, no, era sentido común, era natural, no, a fin de cuentas sí contaba como discriminación. Con todo, aún no podía entender exactamente qué era lo que hacía que un hombre deseara a otro hombre o una mujer a otra mujer, pero también sabía que no tenía que entender esas cosas para cambiar la ley, porque nadie lo iba a obligar a casarse con otro hombre, ¿o sí? En eso había estado de acuerdo con los activistas gais que habían acudido a él y al Congreso para exigir un cambio. Eran jóvenes y viejos, hombres y mujeres, e incluso había quienes habían pasado de un género a otro y usaban la palabra *transgénero*, estaban todos al descubierto, algunos flagrantemente, mientras que otros parecían una tía agradable o un estudiante de lentes o un quiosquero y nunca te habría pasado por la mente su orientación sexual, pero ahí estaban, unidos, insistentes, abarrotando su oficina, pasando el mate mientras hablaban. Se trata de igualdad de derechos, dijeron. ¿Y quién podía discutir con la igualdad de derechos? La revolución (tal como era, significara lo que significara esa palabra en esos tiempos) tenía que ser para todos, punto. No era necesario que él comprendiera, ni siquiera que le gustara, cada detalle de las vidas de los demás para saber que merecían ser libres. Más aún: tenían derecho a ser libres. Quizás esa fuera una falla de la revolución antigua, que había dejado de lado la transformación de la cultura, donde sucedían tantos encierros y liberaciones. Y si (cuántos "si") Alfonso seguía vivo; si estaba en el país en vez de haberse formado un hogar en el exilio; si sí tenía esa chispa en su interior y había encontrado alguna manera de reconocerla, entonces esa ley sería importante para él. Era una mañana preciosa, hacia finales del verano, un haz de luz exuberante bañaba la versión escrita de la ley y le calentó la piel mientras se inclinaba para añadir su firma a la página membretada.

—Es muy bueno —dijo la reportera para devolverlo al presente—. Siempre hemos necesitado esperanzas, pero ahora más que nunca. Los televidentes noruegos definitivamente quieren oír sobre ello. Algunas acciones fueron ejecutivas, como cuando le dijo a Estados Unidos que usted podía encargarse de los prisioneros de Guantánamo.

—Sí. Bueno. Llevaban muchos años encerrados sin un juicio y necesitaban un refugio, un lugar adonde ir. Depende de cada país preguntarse qué puede hacer para promover la paz —otra circunstancia que se había vuelto más complicada de lo que había esperado, pero si ella no preguntaba, él no iba a profundizar, no había razón para perturbar su impresión alegre de lo que había intentado hacer, sobre todo porque normalmente los periodistas extranjeros interpretaban esos intentos de matiz como falsa modestia. Había tenido buenas intenciones. Eso era verdad. Había hecho lo mejor posible por limpiar el desastre de otro país, y no de cualquier país, sino del que había apoyado el golpe en el suyo y entrenado a los torturadores de su suplicio, pero así era el mundo: estaba lleno de sorpresas. En todo caso, lo inusual de lo que había hecho por los hombres de Guantánamo no era el historial entre su país y Estados Unidos, sino el hecho de tratar de ayudar siquiera a resolver los problemas de otro Estado; no era normal, porque la tendencia es anteponer los intereses propios, y por un lado comprendía esa lógica, tienes cierta cantidad de recursos y tu pueblo confía en que te ocupes de sus intereses con ellos, sobre todo en los países pobres eso es algo vital, claro, pero por otro lado no, esa lógica no se mantiene, ese modelo de gobierno será completamente inútil para la catástrofe que se viene, porque viene por todo el mundo, el cambio climático viene por nosotros y le importan un carajo nuestras fronteras inventadas, la naturaleza no va a dividir las consecuencias de lo que hemos hecho basándose en un ojo por ojo de quién hizo qué cosa, así que todo el modelo de quién limpia qué desastre tiene que cambiar, y rápido, todo el llamado Tercer Mundo va a tener que...

—¿Cree que su historia personal lo haya ayudado a empatizar con esos hombres?

Fue un alivio que lo sacara de su flujo de pensamiento. Dobló y desdobló las manos sobre sus piernas.

—En mi caso, sí. Sufrieron mucho en la cárcel, y yo sé cómo se siente eso. Pero espero que eso no sea necesario para que otros gobernantes incluyan la empatía en sus funciones.

—Ah... —Se veía sorprendida—. Sí. Qué idea —se quedó mirando sus notas un momento—. Cuénteme el principio.

Al presidente se le tensó la espalda. Era hora.

—¿Cuándo supo que iba a lanzarse por la presidencia?

No había rebuscado donde creyó que lo haría. Respiró hondo y volteó a ver el camino que llevaba hacia el huerto, enroscado de verde.

—Nunca. Sigo asombrado.

Ella rio, pero su expresión seguía siendo seria.

—Los años de prisión no lo detuvieron.

—No. —Buscó una manera en encapsular lo que le pasaba por la cabeza—. Durante un tiempo, por supuesto, sí me detuvieron: no hay mucho que puedas hacer desde un hoyo en el piso. Y perdí la cordura un tiempo, como todo el mundo sabe. —Vaciló al borde de decir más, de revelar la historia, por qué no hablar de la rana, tal vez se equivocara al pensar que no podía contar eso, al pensar que nadie lo entendería; tal vez ese sería el día en el que rompería el silencio; de todos los entrevistadores que habían ido a visitarlo, ella parecía la más apta para recibir esa historia. Estaba ahí, justo bajo la superficie, y los ojos de ella revelaban que estaba lista para escuchar cualquier cosa, ahí estaba el peligro, el don de escucha—. Pero mejoré en los últimos años, cuando me permitieron leer. Leer me salvó la vida. Para entonces mi madre también podía visitarme, y me llevaba todos los libros que podía. Libros de ciencia, porque los soldados no permitían nada más. Me los leí todos, cada palabra. Aprendí mucha ciencia.

Lo había dicho en serio, pero ella se rio. Él se rio con ella. Era cierto que las cosas habían cambiado drásticamente en cuanto pudo leer. Definitivamente ya no había hormigas aulladoras ni conversaciones con ranas. Estaba lejos de la rana ahora, su atención puesta en los últimos años, los años librescos y lo que sucedió después.

—Luego, cuando salí, me dediqué a reconstruir el país como pude, hablando con la gente donde podía, esa era la política que yo conocía.

—No hay nadie más con una historia como la suya —dijo ella—. ¿No le parece?

Un par de perros ladraron mientras jugaban, pensó, cerca del huerto. Angelita y alguno más. Por suerte no había tractores cerca.

—Yo diría que eso aplica a todo mundo. No hay dos personas con la misma trayectoria. Todos tenemos nuestro camino en este mundo, no porque sea nuestro destino, sino porque nos lo vamos formando, lo hacemos al andar, como dice el famoso poema de Machado, y esa es la verdad. Hacemos camino al andar y no siempre puedes predecir qué va a suceder antes de que suceda.

La reportera pareció flotar al borde de varias preguntas distintas, tratando de decidirse por la mejor. Luego se reclinó hacia atrás.

—Da respuestas muy filosóficas, Sr. Presidente.

Él sonrió, notó que la brisa había atrapado un mechón de la reportera, lo sacaba a bailar. Ella estaba tan concentrada que no parecía darse cuenta.

—¿Qué otra clase de respuesta hay? —dijo.

───✦───

Abajo en el hoyo, el hombre intentó darle a la rana lo que quería: Había una vez, dijo, un grupo de muchachos y muchachas que soñaban con la justicia. Miraban su querido país y lo que veían los desgarraba. Desigualdad. Obreros que no ganaban lo suficiente para comer, o para que comieran sus hijos, porque los salarios bajaban mientras el precio de la comida subía. Familias que luchaban por sobrevivir. Compañías extranjeras que explotaban a sus empleados, sin importarles si sus familias sobrevivían. Y el gobierno no los protegía. Había ancianos en las comunidades de esos muchachos que contaban historias de una época más amable, cuando el gobierno proveía de paz y cuidados y orden al pueblo, pero eso estaba en el pasado y los muchachos se preguntaban si acaso había existido esa era siquiera o, si había existido, si la paz y el cuidado y el orden se habían repartido solo a algunas personas y nunca a todos, nunca a los desposeídos.

En ese entonces, su país seguía siendo una democracia. Pero incluso esa palabra, *democracia*, parecía vacía. Tenés que entender eso. O tal vez no lo entiendas, pero trataré de explicarlo de todos modos: la hipocresía puede ahuecar una palabra desde adentro, vaciarla de sentido. Había dirigentes electos, sí, y tomaban juramento, ¿no?, para servir y representar al pueblo. ¿Entonces qué significaba eso si luego usaban sus posiciones de poder para dañarlo? Y cuando el pueblo se levantaba para protestar y sus dirigentes electos, en vez de escuchar, enviaban a la policía para atacar a ciudadanos comunes y corrientes, ¿qué era eso? ¿Una mentira, una simulación, una farsa? ¿Una democracia en bancarrota? ¿Un asedio financiado por el gobierno? ¿El pueblo es un electorado o un rehén? ¿Para quién trabaja en realidad una democracia así?

Ya entendés lo que quiero decir.

Mientras tanto, por todo el país, los niños se morían de hambre.

Algunos de esos muchachos y muchachas soñadores provenían de familias obreras y conocían el hambre en sus propios huesos; otros se habían radicalizado en la universidad, en los pasillos, en sesiones de estudio que se desviaban de los exámenes inminentes para hablar de la realidad de los menos afortunados. Todos los jóvenes soñaban con algo mejor para su gente. No sé si la historia lo vaya a recordar así, si los libros de texto del futuro los pintarán como monstruos o como ilusos, me da escalofríos pensar en los libros de texto que ha de estar vomitando el régimen ahora, pero dejá que te diga —acá en este hoyo, donde ningún historiador va a escucharme nunca, así que no tiene caso, pero al diablo—: eran soñadores, todo empezó con un sueño.

Con un *qué tal si*.

¿Qué tal si, dijeron, un país pudiera repartir sus recursos tan equitativamente que toda la gente tuviera lo necesario para sobrevivir? ¿Qué tal si los trabajadores tuvieran derecho a un salario digno? ¿Qué tal si cada niño mereciera la oportunidad de aprender, de comer, de estar seguro? ¿Qué tal si nuestra sociedad respetara a toda la gente y no solo a la minoría rica? ¿Qué tal si tuviéramos conciencia? ¿Qué tal si hubiera otra forma de hacer las cosas? ¿Qué tal si pudieran gobernarnos según los principios de la dignidad y la humanidad, en vez de la explotación, y qué tal si esos principios llegaran a todas las cúpulas del poder? ¿Qué tal si pudiéramos sacudirlas hasta volverlas más amables? ¿Qué tal si pudiéramos organizarnos de una forma nueva, una que los pensadores visionarios han soñado, pero que nunca se ha visto antes? ¿Qué tal si la gente pudiera gobernarse sola, o tener gobernantes que genuinamente trabajaran por su bien?

Qué tal si, qué tal si, qué tal si... ese era el estribillo de su gran canción.

Encontraron salas y cafés donde la gente se reunía a soñar. Leyeron a Marx, discutieron el futuro y los problemas del momento, y se inspiraron con lo que había pasado en otros países de toda Latinoamérica y el Caribe, sobre todo del Caribe, sobre todo en un país en especial del Caribe donde la revolución había liberado a la gente ordinaria, o eso se decía, eso contaban, y dejá que te diga que era una historia embriagante, nos emborrachamos con ella, nos la tragamos con la ferocidad de los sedientos, sí, *nosotros* hicimos eso, porque claro que yo estaba ahí, en esas reuniones, primero como escucha, luego como miembro y luego como organizador. Seguimos contando historias, leyendo, soñando. No les costó trabajo convertirme. Sucedió en un instante: de pronto, mientras escuchaba el reporte de un organizador sobre los cañaverales sanguinarios, vi la brecha entre el mundo tal como era y el mundo tal como debía ser. Esa brecha era una herida abierta de la que brotaba sufrimiento. ¿Cómo podría descansar hasta que sanara? Era una lesión que se había abierto en este continente en tiempos de los conquistadores. Quizás, con suerte y poder, se podría sanar no solo a los vivos, sino a muchas generaciones de muertos, no en algún tipo de paraíso, porque yo ya era ateo para ese entonces, sino, qué sé yo, en la memoria, al honrarlos y hacer por fin justicia.

Después de eso, por las noches, antes de dormir, veía la marea alta de las revoluciones latinoamericanas, no solo como una idea, sino como una ola inmensa, imponente como un rascacielos, llena de caras, miles de rostros salpicados por la espuma, cobrando fuerzas para barrer el continente. Barreríamos generaciones de sangre derramada, lavaríamos las heridas, inundaríamos las comunidades con el bálsamo sanador de la libertad. Te podés reír, te podés burlar, te podés asombrar con la lógica extraña de los seres humanos como yo, pero es la verdad, así se veía la revolución cuando le entregué mi vida: era un bálsamo.

Pasaron los meses. Seguimos soñando, organizándonos. Las huelgas continuaron con fuerza, el gobierno era cada vez más duro en sus respuestas. Los muchachos y muchachas que soñaron con la justicia se unieron a las huelgas, a las marchas, a los mítines afuera del Parlamento. Veían —veíamos— la indiferencia de los poderosos. Veíamos que quienes tenían las riendas no las usaban a favor del pueblo, sin importar lo que dijera la Constitución, sin importar lo que hubieran jurado al asumir sus puestos. Estaban en nuestra contra, en contra del pueblo. ¿Qué más podría explicar que golpearan a manifestantes pacíficos, que dispararan contra muchedumbres desarmadas, las historias de horror de los que habían sido arrestados en las marchas, sus miradas vacías al regresar? Pero nada detuvo las protestas ni las reuniones clandestinas. No. La lucha se amplió, se profundizó. Era una lucha por la supervivencia, por la dignidad más básica, por los derechos humanos. Los muchachos y las muchachas lucharon y, mientras lo hacían, vieron cómo empeoraban las cosas: la economía se desplomó, los salarios y los empleos se esfumaron, se recortó la asistencia pública, los precios se dispararon. Pan, leche, ¿quién podía comprarlos? ¿Dónde acabaría todo? Ametrallaban a los manifestantes; se demostró que los políticos eran corruptos, pero mantuvieron sus puestos, y los periodistas que los habían denunciado empezaron a temer por sus vidas. Los muchachos y muchachas perdieron la fe, pero la recobraron en sitios nuevos. Soñaron. Leyeron teoría. Cargaron pancartas. Se expusieron al arresto. Ardían por un futuro más justo. Sí, por justicia, que era, declaraban, una forma de amor. Iban a transformar su país en un país del pueblo. Lo iban a hacer realidad, acá, en este país, iban a crear una vida mejor y más justa para los trabajadores y sus familias, a construir un mundo nuevo juntos, uno que funcionara con el poder colectivo del pueblo, tal como ellos lo forjaran, tal como ellos lo canalizaran; y entonces surgió ante ellos una pregunta como una colina en una pradera verde: si todo eso tenía

que hacerse y ellos iban a ser quienes lo hicieran, entonces... ¿la lucha armada? ¿Sí o no?

No.

Sí.

No.

Algunos contestaban una cosa. Otros, otra.

Algunos se resistían a la idea de la violencia, se aferra-
ban a visiones de otra vía posible.

Pero otros, a partir de los ejemplos de las revoluciones
de todo el mundo, dijeron: Mirá, esta es la forma nece-
saria, la única viable. El gobierno es demasiado corrupto como para que el cambio provenga de él, nunca van a
permitirlo. Siempre defenderán el *statu quo*, sin importar
cuántas vidas destruya.

Si construimos poder... mediante las elecciones...

¡Elecciones! ¿Revolución por medio de elecciones? No.
Imposible.

Pero, ¿por qué?

No me hagas reír.

Si pudiéramos...

¿No lo ves? El sistema ya está perdido. A los políticos
les interesan las estructuras de poder tal como son, y si no
lo hacen ellos, entonces el imperio que los apoya desde el
norte se asegurará de que se mantengan en línea aunque
eso implique lastimar a su propia gente.

No quiero creer eso.

Pues mala suerte.

¿Entonces qué decís? ¿Que debemos tomar las armas?

Lo que digo es que la única vía que nos queda es levantarnos en nombre del pueblo y tomar el poder que merece el pueblo.

Y así empezó. Con agitados debates en los espacios de reunión secretos, como, para mí, en un cobertizo en el patio trasero de un zapatero donde una botella de vino hacía la ronda y cada uno daba un trago, tragos de vino, tragos de razonamiento, todo mezclado debajo de la piel. Algunos se separaron del grupo después de eso, pero muchos se quedaron. Yo también. ¿Qué puedo decir? Era un sueño poderoso. Si las palabras pudieran hacer los sueños realidad, habríamos transformado el continente entero aquellas noches. En vez de eso fundamos un movimiento, un movimiento nuevo, un movimiento armado, y lo arriesgamos todo, lo entregamos todo, lo apostamos todo, nos lanzamos implacablemente por el camino hacia ese nuevo día, ese día soleado, y dejame que te diga, en esta historia, durante esos años los revolucionarios tuvieron algunas victorias, pero también cometieron errores, los cometimos, más de los que me gustaría admitir, pero, mirá, el movimiento no era perfecto; era un camino duro, salvaje, y cerca del final se nos salió de control. No estábamos preparados para el crecimiento rápido de los últimos años, cuando se volvieron conocidas nuestras victorias y aumentó nuestra popularidad entre la gente común, decían que éramos una banda de Robin Hoods porque robábamos casinos para dar de comer a los pobres, asaltábamos bancos y repartíamos juguetes en las villas miseria en Navidad, y, claro, también usábamos el botín para reunir armas para la revolución que vendría (y sí que vendría, pensábamos, en todo el mundo, ¡incluso el corazón del imperio tenía su levantamiento! ¡Los Black Panthers! Y los vitoreábamos desde nuestro paisito en el sur, a nuestros hermanos y hermanas en la lucha). Todo eso nos dio una reputación que, en nuestro apogeo, atrajo a grandes cantidades de idealistas, asqueados por la represión del gobierno y emocionados por nuestros pequeños triunfos, pensaban que algún día les contarían a sus nietos cómo habían ganado el país para las masas. Pues bien. Crecer tanto entre la represión no fue nada fácil. No estábamos preparados. ¿Y cómo mantener el orden entre las filas si trabajas en la clandestinidad absoluta, cuando la máquina del torturador aplasta a tus mejores luchadores, a los más brillantes, y luego los regurgita? Los sistemas que habíamos creado eran fuertes e invisibles, como tela de araña, y estoy seguro de que lo sabés todo sobre las telarañas, probablemente hayas pasado por debajo y junto a ellas muchas veces, tal vez incluso buscaras por ahí tu cena, así que sabés que lo que voy a decir es verdad: las telas de araña son increíblemente fuertes, pero no son irrompibles. Para nada. Hubo un sinfín de altibajos y oleadas de esperanza y de desaliento, más de los que se pueden contar. Basta con decir que, tras años de lucha, sí acabamos en un mundo diferente, pero no en el mundo justo con el que habíamos soñado, no, acabamos en un mundo no mejor, sino imposiblemente peor.

¿Fue nuestra culpa?

Yo digo que no. Debo decir que no. La mayoría de los días lo creo, aunque hayan logrado aplastar gran parte de lo que creía.

No puedo oír otra respuesta.

Hay gente que nos culpa, ya lo sé. Solo Dios sabe qué está diciendo la prensa censurada.

Puede que nuestra presencia haya influido en el colapso que nos trajo a donde estamos, y eso me tortura más de lo que imaginás.

Y aun así.

Qué fácil es culpar a los vencidos.

Qué miedo da culpar al puño de los poderosos.

Pero volvamos a cómo acabó todo para nosotros, al final. Para los hombres y mujeres que habían soñado.

La bruma se cerró en todas direcciones, no podíamos ver nada.

El puño se cerró.

Las cámaras de tortura destruyeron miles de almas.

Ya no quedaba aire que respirar.

Fin.

¡Qué historia más alegre!

—Querías más historia. Esa tenía más historia que la anterior.

Así que abandonás al mundo, ¿eh?

—El mundo fue el que nos abandonó a nosotros.

Cobarde.

—¿Cómo te atrevés a decirme así?

Refácil, mirá. ¡Cobarde! ¡Cobarde!

—Sos un hijo de puta. No sabés por lo que he pasado.

¿Y qué? Nadie sabe por lo que ha pasado nadie.

El futuro presidente no encontró una respuesta a eso.

¿No volverías por nadie?

—No puedo volver. Estoy atrapado acá.

Pero, ¿si pudieras?

Solo podía contestar según cómo se sintiera en ese instante, pues todos los instantes eran distintos, nada era sólido, nada estaba garantizado.

—No.

¿Ni siquiera por una hembra?

—Ya te dije que no.

Pero, ¿no tenés una hembra?

—¿Te referís a una novia? Sí, claro.

Contame de ella.

—Callate.

Andá, tenés que darme más. Contame de la hembra.

—Hablemos de otra cosa. Voy a pensar en otra historia. Cualquier cosa menos ella.

¿Por qué?

—No es asunto tuyo.

¡Está bien! ¡Qué sensible!

—Y hablando de eso, eso de *hembra* es una boludez. Así no somos nosotros. Así no éramos. Me refiero al movimiento. Tratábamos a las mujeres con respeto, no así.

¿Hembra no es respeto?

—Vos no lo entendés. Sos un animal, ¿qué vas a saber? Perdón, me encantan los animales. ¿Por qué dije eso? No quise insultarte. O... uf. Sí quise insultarte, pero reconozco que estuve fuera de lugar.

Ejem.

—Lo que quería decir es que para los seres humanos suena despectivo y no me gustó que hablaras así de ella.

Ejem, ejem.

—¿No me creés? ¿Qué te pasa?

¡Ajá! Tenés bronca de nuevo.

—Es porque...

Bien. Tené bronca. Hay que estar en un despertar.

—Eso no tiene... Perdón, se me olvidó otra vez que te importa una mierda el sentido. En fin. Estaba diciendo algo importante... ah, sí, las mujeres. Teníamos otro código, uno mejor. La revolución era para todos, hombres y mujeres. Liberación para todos. Nuestro movimiento tenía luchadoras fuertes.

¿Tantas como hombres?

—Este... pues, no, claro que no. Digo, está bien, los dirigentes éramos hombres. Pero también había mujeres, e importaban, nos enseñaron muchas cosas, las protegíamos, trabajábamos con ellas. Eran importantes porque la gente sospechaba menos de ellas, parecían más inocentes, así que eran magníficas para las operaciones encubiertas. Y sabían usar su voz. Había una muchacha en el movimiento que subió por los rangos, incluso llegó al mando central, así de buena era en todo lo que hacía, y uno de los primeros días se fue indignada de una reunión y regresó con un bigote pintado en la cara, ¿y sabés lo que dijo? Lo gritó con una voz exageradamente grave. ¿Ahora sí me van a escuchar? No nos habíamos dado cuenta de que no la estábamos escuchando, no habíamos notado sus intentos de participar, y ahora se veía adorable con su pelo frondoso, su blusa apretada y ese bigote pintado. Nos hizo reír. Nos hizo desearla. En ese momento tenía toda nuestra atención, te lo aseguro, habíamos olvidado nuestra discusión por completo. Pero cuando se apagó la risa nos dimos cuenta de la seriedad en su rostro, su expresión intensa. Nos callamos y la dejamos hablar. No logro recordar lo que nos dijo, pero todos la escuchamos, y a partir de entonces nunca tuvo que pintarse un bigote otra vez, ¿viste?

Se suponía que fuera una anécdota graciosa, el hombre se había reído de ella con sus compañeros muchas veces, pero la rana estaba callada y un calor pegajoso lo recorrió mientras recordaba lo que había creído que era una historia sobre el respeto a las mujeres, que quería demostrar la igualdad en el movimiento, algo de lo que ya no estaba tan seguro.

Tralalá. Ejem.

—Ni sé por qué hablo con vos.

Yo sí.

—Creés que lo sabés todo sobre todo, pero no es cierto, vos formás parte de este hoyo, no sabés un carajo sobre el mundo.

El mundo es acá.

—¿Qué?

Acá, acá, el mundo es este hoyo.

—No seas ridículo.

Acá hoyo acá hoyo acáááá...

Y la rana desapareció.

Aquella noche, en el hoyo, el hombre soñó. Su país era una mujer, atada y con los ojos vendados, desnuda en el piso helado. Le corría sangre por los muslos. Parada junto a ella, un personaje de uniforme, con el pelo hirsuto y dientes brillantes. La mira lascivamente, ebrio de violación, con hambre de más. Y él también es el país. La imagen se ladea, se retuerce, se distorsiona. Dos cuerpos, un país. Lo que el hombre no puede saber, lo que no puede distinguir, lo que se pierde en la bruma borrosa, es dónde estará el país al final, en el cuerpo de uniforme o en el cuerpo desnudo sobre el piso helado. O en algún otro lugar, en la carga eléctrica entre ambos, en el baile destrozado.

‑›‑‹‑

Fue un sueño, se dijo cuando sus ojos se abrieron de golpe. Tenía el cuerpo helado de sudor. Solo fue un sueño.

Pero era demasiado tarde. Los contornos se habían difuminado, los límites entre la vigilia y el sueño se habían fundido, y no había espacio en ese hoyo para separarlos.

—**E**n Europa —dijo la reportera— a mucha gente le parece increíble que haya tomado el timón del mismo gobierno que lo trató de forma tan brutal.

—Bueno —dijo el expresidente. Respiró profundo. Angelita se había cansado de jugar junto a las verduras y se había acurrucado a sus pies, donde dormitaba. La acarició suavemente con el costado de un pie, encontró consuelo en su calidez. Las cosas que hacía para mantener caliente a Angelita: en invierno, la perrita lo despertaba tres e incluso cuatro veces por la noche, rogándole por más leña en la estufa, y él la complacía, incluso cuando estaba gobernando el país, por qué no, aprobar una ley, acudir a una reunión, poner más leña en el fuego durante una fría noche de invierno, acariciar a tu perrita junto al resplandor de las llamas, todo cabía en una jornada laboral y la noche subsiguiente. *No te desgastes,* murmuraba su esposa desde la cama, *mañana tenés un largo día por delante*, pero no insistía; lo comprendía. Había días en que no lograbas que el Senado o un gobernante extranjero o el público en general entendiera tus razones, días en que las pacientes maquinaciones necesarias para mantener contentas a todas las facciones podían llevarte al borde de la desesperación, días en que todos los problemas de tu país formaban nudos implacables en tus hombros y parecía criminal lo poco que podías hacer por aliviar el dolor de la gente incluso con tu estatus presidencial (y cómo puede ser, pensabas, cómo puede ser que soy la persona con más poder en todo el país, alcancé el último escaño del infame escalafón para descubrir que hay muchísimo que seguís sin poder hacer, que nunca conseguirías, nunca lograrías, ni siquiera con la voluntad del pueblo de tu lado, porque el poder de tu país no solo es el de tu pueblo, sino también de la gran red de poder urdida inextricablemente por todo el mundo, una maraña internacional de hilos invisibles que mantienen unidas las realidades, las economías, estás enredado, estás obligado, no podías ver el alcance real de esa red de poder antes de llegar al último escaño del escalafón y ahora lo ves claro como el agua, pero sigue siendo invisible para la mayoría de la gente excepto como una opresión de la que exigen ser libres, y sí, claro, merecen ser libres, has luchado toda tu vida precisamente por eso y por nada más, pero lo que ves desde este mirador es la

endiablada complejidad de la maraña de poder, cortás un
hilo y aquel otro caerá y cuando te das cuenta no queda
pan para nadie, así que tratás de proteger el pan de la gente y liberarla al mismo tiempo, y la gente habla, la gente
grita: debería hacer más, por qué no actúa, algunos incluso mencionan la palabra *vendido*, y ahí estás vos en ese
estrechísimo escaño superior haciendo lo que podés, que
no basta, todavía no basta, nunca basta, nunca bastará) y
después de días así, ¿qué mejor medicina que darle calor
a Angelita y ver el cariño en sus ojos? Ninguna, esa era la
respuesta. No había mejor medicina—. La vida está llena
de giros inesperados —dijo.

—¿Cree que la gente estuvo dispuesta a apoyarlo a pesar de su pasado, o quizás en parte gracias a él?

El expresidente suspiró.

—Hubo un poco de todo —dijo, y recordó su primer
periodo en el Senado, cuando sus colegas más viejos se
quejaban de tener que servir junto a *ese sucio guerrillero*
sin siquiera molestarse por evitar que los oyera. Aque-
llos habían sido días tensos, cuando la primera oleada de
exguerrilleros entró al Congreso, pero también habían
sido días embriagantes porque sabían, incluso entonces,
que era solo el principio, una ola en ascenso que apenas
cobraba fuerzas, un cambio en el lenguaje subyacente del
poder que apenas comenzaba—. Pero durante la campaña

fui completamente abierto para que el público no tuviera sorpresas. Lo dejé claro desde el principio: así soy yo, de acá vengo, así han sido mis intentos por servir a mi país en distintas épocas. Y sí, en cierto momento esos intentos implicaron tratar de derrocar al gobierno, no de unirme a él. Ejem. ¿Qué puedo decir? Era otra época. La actitud era distinta, pero la meta siempre ha sido la misma: ayudar a la gente de este país. Levantar al país, hacerlo un mejor lugar para todos. Esa era la intención. No siempre lo logramos. Nuestro movimiento no era nada perfecto.

—Se habían equivocado sobre algunas cosas, habían tenido razón sobre otras, y él había pasado décadas averiguando qué astillas rotas iban en dónde, correcto, incorrecto, se le resbalaban, chocaban, astillas en un caos estridente que desordenaban el mosaico del pasado—. Le decía a la gente que si detestaban lo que habíamos hecho en ese entonces, lo entendía, y no me importaba. Lo que importa es hacer lo correcto en el presente. En ese entonces, durante la guerrilla, creíamos que no podíamos lograr un cambio significativo con la política electoral. —Se dio cuenta de que estaba pensando en voz alta; siempre le había encantado pensar en voz alta, encontrar su camino por el hilo del habla como Teseo en el laberinto, y aunque al convertirse en presidente la gente a su alrededor le advertía constantemente que pensara antes de hablar, a veces lo hacía y a veces no——. Ahora está claro que no podemos tener un cambio significativo sin ella.

—¿Sin... la política electoral?

—Correcto.

—¿Esas cosas las dijo en su campaña?

—Sí.

—¿Y la gente lo escuchó?

—Al parecer, hubo gente que sí.

Ella se rio un poco. El aire pareció elevarse y calentarse a su alrededor. No había intentado ser gracioso, o tal vez sí, pero no a propósito; en su mente, la línea entre el humor y la seriedad era finísima, invisible para su ojo interior.

—Sigue siendo una conversación —dijo——. Y así debe ser. La sociedad es una conversación eterna. El problema es que, en nuestro país, hay muy poca gente que no tiene cicatrices de los malos tiempos. Fueron malos tiempos para todos, aunque la gente tenga cicatrices diferentes, aunque mis heridas sean más obvias que otras.

—¿Porque afectó a todo el mundo?

—Así es.

—Un trauma nacional.

—Exacto.

—¿Eso fortalece a un país de alguna forma? ¿Haber pasado juntos por algo desgarrador?

—Ah. —Separó las manos y mantuvo las palmas abiertas—. Depende.

—¿De qué?

—De la sociedad.

La mirada de la reportera se tornó indagadora. Un atisbo de algo —tristeza o miedo o preocupación punzante— le recorrió el rostro.

—Entiendo —dijo, y se acomodó el pelo detrás de la oreja izquierda; el expresidente se dio cuenta de que era un hábito, un gesto inconsciente, y se preguntó para qué lo usaba, para aliviar la incomodidad, quizás, o para reunir coraje, o la ayudaba a pensar—. No puedo imaginar cómo habrá sido, en su posición, trabajar con el ejército. Después de lo que hicieron.

El expresidente se inclinó hacia el frente un poco. Se preguntó si se había equivocado en cuanto su edad; ahora le parecía más joven, a pesar de su aplomo, treinta y largos o por ahí, y podría ser su nieta, una idea que lo abrasó con una ternura pura y sorprendente.

—Acudí a ellos al día siguiente de mi toma de posesión. Para asegurarles que el nuevo gobierno también los iba a apoyar.

—¿Y no fue —agregó, y buscó la palabra correcta— difícil?

—En realidad, no. O, si lo fue, eso no era lo que importaba.

Qué mañana había sido esa. La luz inundaba el comedor, envolvía su podio y la bandera en el muro más lejano, al igual que las caras bien rasuradas que se extendían en filas frente a él, y la verdad era que había sentido miedo, claro que sí, se había preparado para sentir oleadas de tristeza o de rabia o de recuerdos ante todos esos uniformados, pero en cuanto subió al estrado, lo que sintió fue asombro por lo jóvenes que se veían algunas caras, lo frescas que estaban en la vida, la suspicacia incluso que expresaban ante el hombre rechoncho en el podio. Esos chicos no eran sus captores, nunca hubieran tenido la oportunidad, algunos ni siquiera habían nacido en esos tiempos horribles. Y sin embargo. Eso no significaba que no tuvieran prejuicios; probablemente habían crecido oyendo que los guerrilleros eran lo más cercano al diablo en este mundo. Y se los había ganado. A muchos, al menos. El habla como arte de magia. Les dijo la verdad, que eran importantes para el país, que su trabajo era servirlos, porque también formaban parte del pueblo.

—Es cuestión de prioridades —agregó—. Yo llegué con el mandato de ayudar a crear buenos empleos y aliviar la pobreza y la desigualdad... de mejorar la vida de la gente, pues. Eso era más importante que el rencor. Era más importante que si una reunión iba a ser difícil para mí en lo personal. —Esos primeros días. Un borrón de charls y trabajo y la palabra *presidente* volando cerca de su cabeza, tan improbable como siempre, rozando su cuero cabelludo con alas invisibles—. De hecho, durante mis primeros meses en el puesto, fui en la dirección contraria. Traté de suavizar las sentencias del puñado de generales que estaban en la cárcel por sus crímenes durante la dictadura. Si de mí hubiera dependido, habrían pasado de sus celdas lúgubres al arresto domiciliario.

—¿En serio? ¿Los habría perdonado?

—No es perdón, solo un poco de humanidad. ¿Qué caso tiene mantener a unos viejos en una celda? ¿Qué cambia eso? —Algunos de esos generales habían orquestado su propio sufrimiento, habían dado órdenes detalladas, y no eran conjeturas, había salido a la luz y era de conocimiento popular. Y sin embargo, para su sorpresa, no sentía rencor, no necesitaba venganza. ¿Por qué no? No estaba seguro, pero tenía que ver con la urgencia. El rencor y la venganza podían dejarte empantanado en el pasado, en una ciénaga de la que él se quería liberar; no podía permitirse algo así, tenía mucho que hacer en el presente. La edad ayuda a aclarar esas cosas. En su juventud, la ilusión del tiempo infinito lo habría tentado a aferrarse a la rabia junto con los demás fuegos, pero cuando entró en la presidencia (porque así se sentía, más que convertirse en presidente había *entrado* en la presidencia, como si fuera un edificio que llevara generaciones en el mismo lugar, no algo en lo que te transformabas, sino un espacio que habitabas durante un tiempo para hacerlo tu hogar endeble, demasiado pomposo, completamente temporal y que sin embargo te definía), para entonces ya era un viejo y tenía que elegir hacia dónde dirigir su vitalidad. El día de su toma de posesión, tenía 75 años, era muy consciente de que la vitalidad era finita, al igual que el tiempo. Nunca habría suficiente de ninguno de los dos. Por lo tanto, solo usaría su vitalidad y su tiempo en lo que fuera mejor para el país, y el país necesitaba una buena relación con el ejército, al menos lo bastante buena como para prevenir que pensaran en un golpe; una demostración de buena voluntad podía invitar buena voluntad de vuelta, y lo que importaba era el futuro, para que se mantuviera la promesa de la consigna Nunca Más que tanto se oía en Latinoamérica (primero refiriéndose al Holocausto y ahora también a los horrores de las dictaduras y las desapariciones). Pero perdió esa batalla. La indulgencia hacia los generales del régimen fue una de sus tantas derrotas. Demasiada gente en la izquierda quería que sufrieran el trato más duro posible, así que calculó la energía requerida para esa lucha, la sopesó contra otras luchas urgentes, y lo dejó estar—. Sigo creyendo que habría sido una buena estrategia a futuro. Pero no pudo ser.

—La mayoría de la gente en su lugar querría ver sufrir lo más posible a esos hombres.

—¿Usted cree?

—Sí. Quizás no lo admitan, pero sí.

Él se encogió de hombros. Sus hombros pesados, como siempre.

—¿Qué cambiaría eso? El pasado está escrito, para bien o para mal. Como presidente me dieron una labor, y no era hacer sufrir a la gente. Ni siquiera a ellos.

—¿Alguna vez piensa en ellos? ¿En esos exgenerales en sus celdas?

La pregunta lo tomó por sorpresa. La reportera ya no estaba inquieta, no se tocaba el pelo ni movía un solo músculo, tenía la mirada fija en él. Angelita se había acercado, sin abrir los ojos, hasta el tobillo del expresidente, como si buscara consuelo, aunque siempre sospechaba que, por la sintonía que tenían, en realidad no se le acercaba para recibir consuelo, sino para darlo.

—No, afortunadamente no.

Seguía sentado en el hoyo, un hombre solo con su suciedad. Una historia en la que no pasaba nada. Solo que, a veces, le parecía que el hoyo era un lugar en el que pasaba todo. Donde había una gran historia. Una gran batalla arrasaba ese abismo, una epopeya oculta en la que varias facciones luchaban por el alma de un hombre, por el alma de un país. Urdía la trama en su mente para pasar las horas, la mezclaba con escenas de la *Ilíada*, aunque quizás, pensó, se pareciera más al *Quijote*, a los delirios de un demente. Había engullido enteros a esos dos autores justo antes de abandonar la universidad, a Homero y a Cervantes, a Cervantes y a Homero, tomados de la mano a siglos de distancia, sus libros superpuestos en su mente, y ¿qué dirían sus profesores si lo vieran ahí? Se imaginaba su horror o lástima o desdén. Era patético. Pomposo. Óiganlo, con sus ideas ridículas: *el alma de un país*, como si fuera una película hollywoodense, como si al extranjero Hollywood le hubiera interesado alguna vez un hoyo como ese o un hombre como él, o incluso un paisito lejano como el suyo; pero luego pensaba: Al diablo, y qué, ahora no tengo absolutamente nada que perder y puedo ser tan pomposo o tan ridículo como quiera, sé que, no importa lo grandes que sean mis ideas, para el mundo exterior esto sigue siendo solo un hoyo. Una oscuridad apestosa. Un lugar abandonado por la mano de Dios, aunque eso era pura fantasía, pensó, porque requería un dios que lo abandonara. Llegaban otras manos, le bajaban comida con una cuerda, se retiraban, desaparecían. Para ellas no había batallas épicas ahí abajo. Ignoraban al hombre o se encogían de asco como ante las demás alimañas: las hormigas, las ratas, las cucarachas, las ranas. Ahora él también era una alimaña, y no era cierto que para el mundo exterior eso solo fuera un hoyo, no, pensó, eso es demasiado generoso, para el mundo exterior este lugar ni siquiera existe. Había desaparecido de la realidad. Y, sin embargo, ahí estaba. Respirando, cagando, sintiendo hambre y frío. Cosas ordinarias, nada de grandioso. Un ser humano tratando de mantenerse intacto entre el horror de sus días. ¿Qué podría ser más ordinario que eso?

Pero ahora era distinto. Había tenido compañía en el hoyo. Ahora, parte de él esperaba, emocionada, ansiosa, el regreso de la rana. ¿Cuándo ocurriría? No tenía manera de saberlo. Habían pasado días, demasiado tiempo.

¿Cuánto más? Ahí abajo no había horarios ni teléfono ni papel para escribir una invitación, y no es que una invitación escrita fuera a importarle a una rana. Pensó en llamarla, lo intentó: *Rana, rana,* pero no funcionó, no pasó nada, quizás porque no sabía cómo se llamaba, lo que en realidad no debería sorprenderle porque apenas recordaba su propio nombre, no estaba seguro de seguir teniendo uno, y tal vez la rana tampoco lo tuviera. Pasaron más días, llenos de anticipación, con un signo de interrogación atado bajo la superficie de cada momento, tensando la estructura de las horas de mirar el muro, ¿cuándo vendrá? ¿Y ahora qué sigue? Ahora podía seguir algo. Había una posibilidad. Un tal-vez-venga. Era suficiente para que quisiera vivir, un tiempo más al menos, solo para ver.

Estaba encorvado, murmurando números —en una cuidadosa cuenta regresiva, la estática era fuerte—, cuando apareció de nuevo la rana.

Siete mil cuatrocientos ochenta y dos, siete mil cuatrocientos ochenta y uno, ¡tralalá!

—Ah, sos vos. —El futuro presidente sintió una oleada de felicidad al ver a su visitante, seguida de inmediato por el pánico de perder la cuenta. Tenía que continuar. No podía perder el rumbo de los números—. Siete mil cuatrocientos ochenta, siete mil cuatrocientos...

¿Qué hacés?

—Cuento. Obviamente.

¿Para qué carajos?

—Enturbia sus frecuencias.

¿Las frecuencias de quién?

—De los torturadores. Las antenas que me implantaron en el cerebro... no funcionan tan bien si contás de diez mil a cero —dijo en un susurro; no sería bueno que lo

oyeran los guardias de arriba, no porque fueran a interferir con su interferencia, sino lo contrario, lo querían
lleno de estática y cuanta más, mejor, de eso estaba seguro, al menos en momentos de lucidez intermitente,
y, en todo caso, no tenía sentido arriesgarse. Ahora no
sabía si seguir contando o hablar con esa criatura que
había llegado para espantarle la soledad o por alguna
razón misteriosa que ocultaba en su cráneo. Hum. Durante un instante intentó imaginarse un cráneo de rana.
¿Podrían también invadirlo los torturadores? Pero ¿por
qué se infiltrarían en una rana? Para espiarnos, pensó,
para espiarnos a todos, lo harían si pudieran, y vos qué
sabés, no has estado afuera para ver la pesadilla en la
que se ha convertido el país, quién sabe, ¿no te lo podés
imaginar?, vigilancia con ranas por todo el país, ojitos
brillantes observando desde los charcos y tristes pedazos
de césped a la gente mientras vive su vida, grabándolo
todo en sus cerebritos invadidos en nombre del gobierno y enviando reportes raniles cifrados a una horrible
autoridad central... no. Probablemente no. Sacudió la
cabeza con violencia. Limpiala, limpiate la imagen, no
la dejés volverse tan real que se escurra hacia la verdad.
Eso podía pasar en un día como ese, cuando tenía la
mente frágil. Y, de cualquier forma, aunque no pudiera comprobar cómo funcionaba el espionaje en la nueva

versión de su país, aunque no pudiera probar la ausencia de una red de ranas espías, sabía con una lucidez aguda (aunque no habría podido decir cómo) que esa rana, su visitante, no era un infiltrado, sino que (una verdad sorprendente, ¿cómo la había encontrado?) estaba de su lado—. ¿Querés contar conmigo?

¡Claro!

—Muy bien...

Ocho, cuatro, sesenta y cinco, catorce, mil millones...

—¡Así no se cuenta!

Un millón dos, setenta y tres, punto cinco...

—Basta, por favor. Tenés que avanzar o retroceder, de un número entero al siguiente.

Qué aburrido.

—Se llama orden. Disciplina. Cada cosa en su lugar.

Como los revolucionarios.

—Exacto.

Cuánto les sirvió a ustedes.

—¿Sos un hijo de puta, lo sabías?

De hecho, sí.

Se rio. Se sentía raro reír. La urgencia de contar cedió, había menos interferencia en su cerebro, qué alivio, su mente se despejó momentáneamente, como si la estática fuera una nube auditiva que pudiera ser barrida por el viento adecuado; de alguna manera, el implante que le habían metido había sido debilitado por algo... ¿Pero qué? ¿La risa? ¿Los insultos? ¿La rana?

Hablame.

La invitación era irresistible, por qué negarlo, y sin embargo vaciló, no se dejó llevar. Quería extender el tiempo, no rendirse fácil, juguetear con la petición. Y luego pensó: En qué he terminado, de coqueto con una rana.

—No me digas que es hora de contar historias.

Siempre es hora de contar historias.

—¡Claro que no!

¿Pues qué más hay?

—Bueno, acá no hay mucho más que hacer, pero allá afuera están la hora de luchar, la hora de laburar, la hora de tener sexo, la hora de dormir, la hora de plantar, la hora de organizarse para el movimiento...

Todas esas son horas de contar historias.

—Estás loco.

Igual que vos.

—¿Eh? ¿Y qué? Es decir, ¿y quién no lo está? ¿Qué tal la gente que controla este calabozo, en serio podés decir que están cuerdos? ¿Y la gente a la que obedecen y la gente de más arriba? ¿Cómo se llama esta situación, cuando los poderosos que deben servir al pueblo lo atacan?

Decime vos cómo la llamás.

—¡Corrupción! ¡Injusticia! Una maquinaria para aplastar al pueblo, el gobierno no es más que eso. Por eso íbamos a derrocarlo, para reclamarlo en nombre del pueblo.

Y salió de perlas.

Sí. Ya sé. Ya me lo dijiste, y no quiero de eso otra vez.

Está la otra cara.

—¿Qué otra cara?

Que aunque hubieran ganado... ¿Ves el problema?

—¿El problema? No, eso habría sido fenomenal, ¿qué problema?

El problema del después.

—¿Después de qué? ¿De la revolución? Nosotros habríamos sido distintos, teníamos un plan armado, la dirigencia lo tenía todo claro. Daríamos forma al nuevo gobierno, empezaríamos desde cero, reconstruiríamos nuestra sociedad desde los cimientos. Expropiaríamos tierras para que incluso las familias más humildes tuvieran un lugar para labrar y algo que comer, nos aseguraríamos de que todos los trabajadores tuvieran dignidad, elegiríamos nuevos dirigentes que rindieran cuentas ante el pueblo, todo estaba claro, ¿qué te creés, que éramos unos aficionados?

¿Y habría funcionado?

—Por supuesto.

¿Igual que funcionaron sus planes de lucha?

—Golpe bajo.

Siempre estoy abajo. No estoy en ningún otro lado.

—¿Abajo hasta el piso?

Hasta el piso pisero.

—Dios mío.

¿Qué dios?

—No hay ningún dios, es una frase hecha. En fin, ya sabés qué quiero decir.

Decir qué querés decir es cosa tuya.

—Bueno, lo que quiero decir es que, no importa cómo hayan salido nuestros planes de lucha (y la derrota no fue culpa nuestra, nos aplastaron, el imperio yanqui mandó a sus matones y nos destruyó, ¿viste?), el plan posrevolucionario sí habría funcionado.

¿Cómo sabés?

—Solo lo sé.

No lo sabés.

—Vos tampoco, así que andate al infierno.

¿Dónde está el infierno?

—El infierno no existe, yo no me creo toda la propaganda católica, acabo de decir que no hay dios y así es. No hay dios ni infierno. Este es el infierno, este mismo hoyo. Aunque, ejem. Eso significa que te acabo de mandar...

... acá mismo.

—Sí.

¡Tralalá!

—Carajo. Oye. ¿Y qué tal si en otra dimensión, otro tipo en un hoyo te dijo que te fueras al infierno, y le hiciste caso, y desapareciste y acabaste acá? —Se rio. Le dolieron las costillas, pero no podía contenerse, no podía detenerse, el placer hacía que valiera la pena el dolor—. Creo que leí algo parecido en un cuento de Borges. Eso explicaría cómo llegaste acá. —Era algo mucho más sensato, pensó, que su idea pesadillesca de una red de ranas espías; cualquier cosa que se pareciera a un cuento de Borges tenía que ser al menos la mitad de cierto, y eso era algo que creía desde mucho antes del hoyo, cuando era un pibe devorando libros en la Biblioteca Nacional, engullendo historias que lo engullían a su vez y le mostraban el mundo real bajo una luz nueva.

No hablábamos de eso.

—¿Y?

Estoy planteando la pregunta.

—¿Eh? ¿Qué pregunta?

¿Sabés cómo dirigirías?

—¿Cómo dirigiría qué? ¿El movimiento?

No. El país. Si fueras el dirigente de tu país.

Se rio entre dientes.

—Bueno, ahora eso es imposible.

Apenas podés vislumbrar el océano de lo posible.

—Nada más cruel que decir eso alguien en… —Hizo un ademán vago hacia los muros, hacia su cuerpo—. Mi situación. Acá no hay ningún océano de nada.

Ninguno que puedas ver.

—¿Y vos sí podés ver alguno?

Yo no tengo la ceguera de los humanos.

—No, supongo que no, solo tenés ceguera ranil. Estoy seguro de que eso es mucho mejor, peste.

Oye, ¿y los insultos por qué?

—Está bien, me pasé. No sos un peste… o no solo sos un peste. Ya te dije que me encantan los animales, y lo dije en serio. La verdad es que esta tierra te pertenece más a vos que a los soldados que pisotean allá arriba, o que a mí.

Estás haciendo tiempo y te estás escondiendo de mi pregunta.

—¿Tenías una pregunta?

¿Cómo dirigirías?

Se rascó el muslo. La verdad era que la pregunta le picaba. Oyó contra su voluntad a su madre embelesada con su hijito mientras le secaba las extremidades recién salido del baño, mientras lo peinaba para ir a la escuela: *Mi hijo, mi niñito, mi angelito, vos podés ser lo que quieras, podés ser presidente, ya verás, ya verá el mundo…* pero le dolía oír la voz de su madre en aquel lugar, así que, como solía suceder cuando su mente divagaba hacia ella, bloqueó el pensamiento y retrocedió. No podía soportar pensar en su mamá, de quien nunca había tenido oportunidad de despedirse, cuyo dolor por su ausencia tenía que ser más feroz de lo que él pudiera imaginar. Probablemente lo había estado buscando con cada gota de su fuerza. Se la imaginaba irrumpiendo en todos los edificios de gobierno concebibles con su acta de nacimiento y una foto suya en el bolso, buscando pistas de su paradero, y la forzaban a esperar por horas, no le decían nada, pero regresaba al día siguiente de todos modos porque así era su madre, no se iba a rendir, lo que significaba que seguramente su sufrimiento había sido implacable durante los últimos cuatro años. Cuánto le había fallado. Todas las esperanzas que había vertido sobre él mientras lo bañaba, mientras lo peinaba, mientras cuidaba a su hijito que podría ser lo que él quisiera, y ahí estaba, en ese hoyo sombrío.

—Ya te dije que es muy tarde para eso.

Tarde, tarde, tarde o temprano, es tan tarde que ahora es temprano...

—Ay, no, no cantés más.

Este cobarde no tiene plan, y no soporta...

—Ojalá te pudras en el infierno.

No hay infierno. Palabras tuyas.

—Tenés razón. *Touché.* Pero también dije que acá era el infierno.

Entonces me enviaste y acá estoy.

—Hacés que me duela la cabeza. ¿Sabés qué? Hay que hablar de otra cosa.

¿De la hembra?

—Dejá de decirle así. Ya te expliqué.

¡Ah, claro, revolución! ¡Respeto! ¡Hembra no es respeto! ¡Bigote respeto! ¡Blablabla!

—Sos un hijo de puta.

Pero no me has dicho su nombre.

—Sofía. Se llama Sofía.

Sofíííííaaaaaa...

—Dios mío, qué feo cantás.

Hablame de ella o sigo cantando.

Abrió la boca para negarse, pero algo cedió en su interior y antes de percatarse ya estaba hablando.

—Era hermosa. Es hermosa. Digo, no sé qué le habrán hecho, pero eso no se lo pueden quitar. —Lo cual, pensó contra su voluntad, técnicamente podía no ser cierto; quién sabe qué eran capaces de hacerle a un cuerpo; pero incluso entonces había mucho más que cómo se veía un cuerpo, estaba iluminada por dentro, tenía una chispa que lo atraía como polilla y aún creía (¿o esperaba?) que ningún torturador habría logrado extinguirla, así que sí, carajo, seguía siendo hermosa a pesar de todo. Incluso si, pero qué tal si...

¿También era guerrillera?

—Sí. Una luchadora feroz.

¿Y?

—Y... —Luchó contra las imágenes que lo inundaban, de lo que podrían haberle hecho, de cómo estaría ahora, las rechazó y se lanzó hacia el pasado, hacia una versión anterior de Sofía, tal como era antes de la caída, lista para la acción, valiente y capaz, una Mujer Maravilla voluptuosa con ropa ordinaria y una pistola en la cadera, su cara un muro decidido incluso cuando todo parecía perdido. Sofía. Sofía la líder natural que lo había honrado con su tiempo, con su piel, con su mente feroz, con la llama en sus ojos cuando decía *revolución*. Sofía la llamarada.

Historia, dijo la rana. *Ahora la historia.*

‑►‑◄‑

Había una vez un grupo de revolucionarios que
había soñado con cambiar el mundo para mejor
combatiendo las fuerzas de la represión, pero
las fuerzas de la represión eran un monstruo al que le crecían tentáculos nuevos con cada batalla que luchaba. La
guerra se volvió épica, fuera de proporción para el tamaño de su país. Los guerrilleros vieron como mataban a
tiros a sus compañeros en la calle, en sus casas, cómo los
capturaban y torturaban y vilipendiaban en la prensa, en
la televisión y en la radio, donde los censores exageraban
los errores de la guerrilla —que, había que admitirlo, sí
existían— y trataban por encimita los crímenes mucho
peores de las fuerzas del gobierno. Mientras tanto, también perdieron otro recurso vital: el apoyo de la opinión
pública. Habían creído que la gente estaría de su lado y se
levantaría con ellos llegado el momento. Habían pensado: nosotros dirigiremos y ellos nos seguirán con gusto.
Pero al voltearse y mirar a su alrededor se percataron de

que estaban solos. La gente estaba cansada. Tenía miedo. Veía los informes televisivos de tiroteos en las calles y subversivos peligrosos y querían que se acabara todo. Visto desde esa perspectiva, ¿quién podría culparlos? Pero bueno. Se habían acabado los tiempos en los que el público había vitoreado a un movimiento conocido por robar a instituciones ricas para repartir entre los pobres, por acumular armas, sí, pero para una revolución hecha a nombre de todos, que... Bueno, mirá, ya sé que ya oíste parte de esto, me doy cuenta de que me estoy volviendo un poco repetitivo, pero para mí es importante y, bueno, te juro que ya llego a la novia, ¿eh? Ya casi, no te preocupes, tranquila.

En fin. Estábamos perdiendo y estábamos solos. Se nos cerraban los muros desde todas las direcciones. Nos habíamos escondido en sótanos, bajo trampillas, en cobertizos, en más sótanos y, al final, se nos estaban acabando los lugares y terminamos en un parque boscoso en las afueras de la ciudad. Llevé a mi grupo andrajoso ahí al abrigo de la noche, podría haber llegado con los ojos vendados —y para entonces ya me habían torturado, así que creeme que sabía de ojos vendados—, porque no estaba lejos de donde crecí y ese bosquecito era un buen escondite. El problema era que era junio. Los últimos días del otoño. Calaba el frío en la noche y no podíamos encender un fuego por miedo a que nos descubrieran. Nos dolían las manos y las orejas del frío.

Y una noche, Sofía estaba de guardia.

Había estado callada en la reunión de esa noche. La policía había matado a tiros a su novio hacía poco. No solía mantenerse fuera de las discusiones, normalmente las animaba y las mantenía a flote. Yo sabía que era a causa del dolor, aunque ella no lo dijera, decidida como estaba a ser una guerrillera fuerte y bancarse el sufrimiento; el movimiento necesitaba que resistiera, así que iba a resistir. Yo llevaba años admirándola. Había soñado con ella, la había deseado desde lejos —al igual que muchos de los compañeros—, pero siempre había tenido hombre, siempre había estado con el compañero que acababan de matar. En otro universo, en otra historia, habría estado prohibido acercarse a ella durante su duelo, pero ya no vivíamos en el mundo de las prohibiciones. Aquella noche, nos sentamos juntos mientras los demás, los guerrilleros más jóvenes, dormían. Hablamos. Éramos los dos veteranos del grupo —ella era más chica que yo, pero a sus treinta seguía siendo mayor que casi todos—, y hablar fue un consuelo, distinto a hablar con los reclutas más recientes, que querían que los guiaras y alentaras. A los jóvenes no podíamos mostrarles todo el caos en nuestras almas. Pero con Sofía no había necesidad de esconder el caos ni la tristeza, ni siquiera el dolor ciego, y tampoco tenía caso intentarlo; sin decir una palabra podíamos sentirlo el uno en el otro, acompañar nuestros pensamientos secretos. Habían pasado años desde que mi última novia había cortado conmigo, cuando estaba encerrado en la cárcel de la ciudad, no soportó la presión y la verdad es que la entendí. Ella no era guerrillera, ni siquiera sabía que yo lo era cuando nos conocimos, no había elegido esa vida y —quién podía culparla— no la pudo soportar. Aquella noche en el bosque, yo tenía treinta y siete años y, como estaban las cosas, me había resignado a nunca más tener novia ni amante. Mi vida era para la revolución y ya, perfecto, la entregaba entera como los monjes se la entregaban a Dios. Claro que hay diferencias entre los monjes y nosotros, empezando por que nadie cree que los subversivos sean santos, por lo menos en cuanto el movimiento se empieza a descarrilar, entonces lo que ves es miedo y repugnancia, te culpan por el colapso del mundo. Pero bueno. El punto es que fue como si hubiese hecho un voto de castidad, o por lo menos eso pensaba hasta esa noche en el bosque con Sofía. Nuestros cuerpos se hablaron sin tocarse durante un largo tiempo. Susurramos sobre esto y lo otro, sobre cualquier cosa excepto su novio muerto o qué hacíamos en el bosque aquella noche o qué nos deparaba el futuro.

Le conté anécdotas de mi infancia, bajito, en murmullos, y la hice reír. Quería cortejarla como se corteja a una reina, con gemas y tesoros, pero como socialista radical no creía en gemas ni tesoros capitalistas, y tampoco tenía ninguna, apenas si tenía un peso, todo lo que poseía eran mis palabras y lo que ellas contuvieran. Seguimos así hasta que por fin se me quedó viendo y yo a ella y mientras nos manteníamos la mirada vi que era formidable, que no era menos formidable que yo. Incluso en el dolor se le notaba. Llevaba años sospechándolo y ahora me quedaba claro. También vi todo lo demás. Miedo. Tristeza. Consciencia del final. No hablamos de nada de eso, pero no era necesario. *Sabés qué*, dijo, *el único refugio que nos queda es lo que nos damos entre nosotros*. Sentí como si me pudiera ahogar en sus ojos, eso era todo lo que quería hacer. Ahogarme y dejar que el mundo entero se fuera al carajo. Pero no podía. Los jóvenes me necesitaban. Así que dije: Yo no puedo imaginar un mejor refugio que vos. Pareció divertida. *¿En serio?*, dijo. *¿Eso fue lo mejor que se te ocurrió?* Fue lo que se me ocurrió hoy, dije. *Y con todo lo que había oído de ti*, dijo. ¿Qué habías oído?, dije yo. Y entonces me besó. Nos besamos mucho tiempo mientras nuestras manos se hundían debajo de la ropa del otro para huir del frío. El peligro llevaba mucho tiempo formando parte de mi vida, llevaba años viviendo en la clandestinidad con identificaciones falsas, pero esa noche fue distinta. Dios mío, pensé mientras enterraba una mano en su pelo, nos conocimos en la vida equivocada, ojalá nos hubiéramos conocido en una época y en un lugar más pacíficos, con muchos años por delante en vez de esto, lo que habríamos podido ser.

Hicimos el amor como si fuera la última oportunidad en nuestras vidas. La noche siguiente lo hicimos de nuevo, y la siguiente, y la siguiente, y las noches se convirtieron en semanas en aquel bosque, sin promesas de una más, noches frágiles servidas en frío mientras la revolución se desmoronaba a nuestro alrededor.

Cuando me atraparon, Sofía estaba dentro de mí, no tengo otra forma de decirlo, y parecía que yo también estaba dentro de ella. No me mirés así, no me refiero a eso y no es momento de vulgaridades, estoy tratando de decirte algo. Podés ser lo vulgar que quieras conmigo, pero no con ella, o te arranco esa cabecita de almeja tuya.

A las pocas horas de mi captura, me enteré de que la habían capturado también.

Y lo que le hicieron ha de haber sido peor de lo que me hicieron a mí: todo lo que les hacen a los hombres se lo hacen a las mujeres, y un tanto más. Un más indecible. Y eso es lo que de verdad me hace odiar el mundo,

me hace querer irme del mundo, abandonarlo a su suerte con los imbéciles que lo quieran, saltar por la borda
de la cordura como la mentira asquerosa que es: pensar
en ellos quebrándola, destruyendo algo que estaba más
vivo que nada.

L a rana se quedó callada.

El hombre esperó, pero no salió nada. El dolor en sus miembros se convirtió en alaridos en el silencio.

—¿Y bien? —dijo por fin—. ¿Nada que decir?

Qué estupidez.

—¿Qué? Pedazo de ingrato, no merecés una historia así si...

No toda la historia. Lo último. Es una tontería si ni siquiera lo sabés.

—¿Si ni siquiera sé qué?

Si la quebraron.

Apareció ante él de pronto la imagen del sueño, la figura con los ojos vendados en el piso tenía el pelo de Sofía, los hombros de Sofía, ¿cómo no lo había visto antes? Quizás porque no había querido verlo. ¿Eso era todo lo que se necesitaba para que tu mente te protegiera de lo que ya sabías?

—¿Cómo puede no estar quebrada? ¿Cómo puede no estarlo cualquiera de nosotros?

Si no querés estar quebrado, no lo estés.

—Vos sos una rana. No sabés lo que los humanos se hacen entre sí... lo que nos han hecho a nosotros.

Y lo que no han hecho.

—No hay nada que no hayan hecho. Mirame. Me han matado de hambre, me han golpeado, me han torturado con sus máquinas de tortura importadas, me dejaron acá solo, y no solo a mí, sino a todos, la resistencia perdió, estamos perdidos, no nos queda nada.

Hoja de menta, viene una tormenta.

—¿Oíste lo que dije?

Tontito.

—Andate al carajo.

La rana brincó hacia las sombras.

—Esperá. No te vayas.

Vos no me querés acá.

—En realidad sí. Me siento solo. Quedate.

La rana brincó de vuelta, se quedó a medio camino, parecía esperar algo.

—Quedate, por favor —dijo con más dulzura—. ¿Te ofendí?

Acha acha, no sabés nada.

—Eso no es cierto.

No podés ver tu propia historia.

—Al contrario. Mi problema es que la veo demasiado bien. —Excepto, pensó, cuando te atrapa la estática en tu cerebro, entonces estás atascado, hombre, sabés que lo estás, admitilo, aunque en este instante afortunadamente eso esté reducido, otra razón para mantener a la rana cerca.

Si pudieras verla sabrías dónde estás dentro del relato. Sabrías la diferencia entre el fin y el Fin.

—Hum, y, ¿qué más? ¿La tierra no es tierra, la mierda no es mierda, un hoyo no es un hoyo?

Sí.

—Era una pregunta retó...

Y si pudieras verla también encontrarías La Cosa.

—¿Qué es La Cosa?

La Cosa que necesitás.

—No sé si ya lo notaste, pero soy una ruina. Necesito mucho más que una sola cosa. Digo, mírame. —En realidad no se había visto en años, solo podía imaginar cómo se veía, demacrado, raquítico, no quería saber—. Me vendrían bien jabón, agua, una cama, un filete, un libro, un teléfono, un retrete, un bolígrafo... Dios, no me hagás elegir entre un retrete y un bolígrafo...

Hay Una Cosa. En la Una está Todo.

—Hum. ¿El bolígrafo es un retrete? ¿De qué se trata, de una suerte de escusado de navaja suiza con...?

No. Está en tu interior.

—Espero que no sigamos hablando de un retrete.

Nunca hablamos de eso.

—Bien. Buenísimo.

Adentro está todo.

—Qué boludez.

Tenés que encontrarla.

—¿Encontrar qué?

La Cosa.

—La Cosa. La Cosa de mierda. ¿Qué carajo, che, no lo soporto, no podemos hablar de otra cosa?

¿Como qué?

—Contame de la tierra circundante. De lo que ves cuando salís de este lugar jodido.

No.

—No busco una ruta de escape. Eso es absurdo, ya lo sé, ya me resigné, te lo juro. Solo necesito enterarme del mundo exterior.

La rana se le quedó viendo durante un largo rato, como si reuniera ideas intrincadas.

Verde y verde y vida. Verde y verde y tierra.

—Hum. Sí. Me encanta la tierra.

¿En serio?

—¿No te acordás de mi historia de la fuga? ¿De cómo me convertí en gusano?

Gusano, gusano, gusano guerrillero.

—Exacto. A través de la tierra, que lo es todo. La tierra podría ser mi Dios. Todo lo que es verde y está vivo proviene de la tierra, de ahí viene toda la vida.

Creí que no había Dios.

—Eso sigue siendo cierto. Pero si hubiera uno, si pudiera elegir uno, sería la naturaleza. La tierra.

Ahí necesitamos ir.

—¿A qué te refieres con *ir?*

Para La Cosa que necesitas.

—¿Está en la tierra? ¿Me estás jodiendo? ¿Para tu famosa Cosa, para este gran misterio, tenemos que rascar en la tierra?

Rascar no. Contar. La razón del relato. La razón por la que das historias.

—Lo hago porque vos querés que lo haga.

No. No solo por eso.

—¿Por qué más? —Para controlar la estática, para mantener a raya a las hormigas. Para no morir ni anhelar morir.

Hay un recuerdo en lo profundo de vos y es chiquito, pero contiene todo lo que necesitás.

—¿Cómo puede ser eso?

Es Uno.

—Bah. —Era una idea demente y lo sabía, seguía lo bastante cuerdo como para reconocer cuando una idea se había ido por el despeñadero; pero, por otro lado, no encontraba una buena razón para seguir aferrándose a la cordura, que de todos modos era un paisaje en pleno derrumbe, ya no estaba separado del vacío circundante, así que por qué no saltar, por qué no lanzarse hacia los territorios derretidos donde la lógica se quebraba y adquiría formas nuevas. Por qué no buscar esa Cosa, ese Uno, aunque fuera para entretenerse, un juego para matar el tiempo—. ¿Y cómo carajos la encontramos?

Comenzá.

—Pero, ¿por dónde?

Andá a los lugares del antes.

A ntes.

En otra época.

Había una vez un niño sin padre. Su papá había muerto cuando tenía siete años, de sífilis, aunque eso último no lo entendería por completo sino hasta que fuera mayorcito, razón por la cual el duelo de su madre estaba mezclado con un sentimiento de traición, por la que un mechón brillante de enojo enmarañaba su tristeza. Por esa razón a veces decía *nos dejó* en vez de *se murió*. Para el niño, al principio, la pérdida fue pura, un duelo basado en la incomprensión, cómo podía ser que su padre nunca más oficiaría la comida del domingo en el patio trasero, a la sombra de la vid, elogiando la cocina de su esposa y riendo en tono conspiratorio con su hijo, como si compartieran un secreto maravilloso, y el niño siempre se reía con él y se preguntaba qué podría ser ese secreto tan maravilloso. Nunca lo supo. Su viejo murió y la comida del domingo quedó hueca, vacía de risas. Y hubo más que eso: sin los ingresos de su padre, la familia tuvo que esforzarse por sobrevivir. Cada día era una lucha. Vio a su madre sembrar verduras en el jardín, en cada rincón de la tierra, para que tuvieran algo que comer cuando faltaran los pesos, y él y su hermana se hincaban en la tierra junto a ella y aprendieron a trabajarla. Su hermana era muy pequeña, apenas si podía apilar tierra en montículos revueltos; él, a sus ocho, a sus nueve, el mayorcito, era el responsable del huerto, de la familia. Vio cómo la tierra milagrosamente dio a luz papas, tomates, zanahorias, morrones, zapallos, vio cómo horas de cavar y plantar y deshierbar y regar se traducían, con el tiempo, en alimento. Iba a la escuela con tierra bajo las uñas, sin importar cuánto insistiera su madre en que se limpiara por completo; hacía su mejor esfuerzo y fregaba y fregaba, pero la tierra se filtraba en sus manos y en su mundo. Mientras los demás niños trepaban árboles y pateaban la pelota después de la escuela, él laburaba y, mirá, ya sé que vos sabés exactamente quién es ese niño, no hay gran misterio, soy yo, pero así voy a contar la historia, ¿viste? Solo así puedo contarla. Y bueno. El niño empezó a trabajar primero en una panadería local, a cambio de unas monedas y de pan que pudiera llevar a casa para su madre y su hermana. Ese fue su primer laburo, y siguió durante un tiempo; después nunca hubo un momento en el que no laburara por unos pesos después de la escuela, y para cuando estaba en la secundaria ya cultivaba y vendía flores, las cargaba en el autobús por las mañanas y se las vendía a los floristas cerca de la escuela para que le alcanzara para el autobús de vuelta. A veces no tenía suficiente dinero para la ida y le pedía prestada una moneda o dos al panadero para el que trabajaba antes. Siempre ganaba suficiente para pagarle de vuelta y llevarse un poco de pan a casa. No era la multiplicación de los panes, sino la transmutación de flores en hogazas. En el autobús lo conocían como el muchacho de las flores; no tardó en ver la oportunidad de venderlas directamente ahí. Vendía todo lo que le cupiera en los brazos. Así de bien le iba. Y dejá que te diga que no iba a dejar pasar la oportunidad, no era ese tipo de pibe. Se cargaba de flores, subía al autobús en una explosión de colores. Las amas de casa y las abuelas, sobre todo, querían sus mercancías, charlaban con él, se reían de sus bromas y se sonrojaban por sus cumplidos. Él caminaba y vendía, y las sonrisas las daba gratis. Aprendió que el carisma lo era todo. Tenías que ser carismático en el negocio de las flores o estabas muerto. Las flores eran la alegría más brillante y la más efímera. ¿Quién querría comprárselas a alguien con pinta de deprimido? Afortunadamente, él no estaba deprimido. Rebosaba de energía, la energía arrolladora de la juventud. Necesitaba lugares donde volcarla. La volcó vendiendo flores, charlando con sus clientes, leyendo libros, andando en bicicleta con su mejor amigo y gozando del viento mientras sus ruedas devoraban las veredas campestres, embarcándose en un paso fugaz por la universidad, encontrando lugares nuevos para vender flores (ferias, entradas de cementerios), leyendo más libros, soñándose en la cubierta del barco de Odiseo, enamorándose del Quijote y luego de Sancho y del Quijote otra vez, escuchando a sus profesores durante horas en los cafés del centro y, sobre todo, a ese español que había llegado a su país huyendo de Franco luego de haber luchado en la Guerra Civil (sus anécdotas de la resistencia revolotearían en su mente durante años), escuchando a los obreros de la industria de la carne organizar su huelga, ayudando a los obreros de la carne a organizar su huelga, recibiendo carne envuelta en periódico como agradecimiento por su ayuda, viendo a su madre cocinar esa carne y pensando en los obreros que la habían cortado, escuchando anécdotas de solidaridad con otros obreros, generando solidaridad con otros obreros, conociendo a los cortadores de caña que habían viajado desde el extremo norte del país para protestar en la avenida principal de la capital, devorando teoría socialista y comunista, conociendo al hombre que había organizado a los cañeros y tenía sueños enormes de liberar al país, dejándose embriagar por esos sueños enormes de liberación mientras el vino y el mate hacían la ronda, volando en una espiral cada vez más cercana a la chispa que encendería un movimiento revolucionario destinado —eso creía él— a transformar su país en un lugar hermoso en el que todos los niños, con padre o sin él, tuvieran pan y libros y todas las cosas buenas.

·➤·◄·

*E*stuvo bien, pero no era lo que buscaba.

—¿Y yo cómo iba a saber?

Te moviste muy rápido por el tiempo.

—Hum.

Te saltaste cosas.

—Claro que me salté cosas. Esa es la única manera de contar una vida sin necesitar una vida entera para contarla. Escogés las cosas más importantes.

No.

—¿Eh? ¿No?

También hay alentamiento.

—¿Qué carajo es *alentamiento?*

Además, escogiste mal.

—¿Ah, sí? ¿Y supongo que las ranas saben narrar mejor? Sabés qué, tal vez te toque a vos, no me has contado ninguna de tus historias, ahora que lo pienso. ¿Por qué no hablás vos de tus cosas, mejor, de tu mamá rana, de tu pobre papá rana, que tal vez murió cuando tenías los años que tengan las ranas en su infancia?

No vamos a ningún lado así.

—¿Y de quién es la culpa? Yo no sé a dónde vamos.

A este paso, a ningún lado.

—Ya estamos en ningún lado.

Sí, pero es el ningún lado equivocado.

—¿Y hay uno correcto?

Ahora quedate en los albores.

—¿Eh? ¿Te referís al alba?

Contame de cuando niño.

Se tensó todo al oír eso, aunque no podría haber explicado por qué. Seguramente era de noche: el haz de luz había desaparecido y la oscuridad cubría el hoyo. Una caverna de oscuridad. La rana era una mancha sombría dentro de la sombra. ¿No acababa de hablar de su infancia? Y ahora lo acusaban de recorrerla demasiado rápido. ¿Era cierto? ¿Había cosas que había pasado por encima que no quería tocar? Si era así, no iba a soltar la lengua.

—Eso no tiene sentido. Usá bien la gramática, che.

Adentro de tu ser niño.

—No mejoró.

Tenés que hacerlo.

—¿Por qué?

Ya sabés por qué.

—Ni un carajo. Yo no sé nada —dijo, y quería protestar más, pero su mente lo desafió como un perro en el rastro de la memoria, olisqueando la maraña del pasado.

·→>·<←·

Niño. Nene. Hubo una época en la que estaba
completo. El mundo estaba completo y yo brillaba en su interior, me movía por los días como
si el tiempo mismo fuera gracia, me duele pensar en la
distancia que hay entre ese entonces y ahora, aquello y
esto, le huyo al recuerdo como entrecierro los ojos ante el
sol. Pero vos dijiste que querías los albores, así que voy al
principio de todo. Andá, mirá. Un pibito en su uniforme
recién planchado, copiando palabras del pizarrón y ha-
ciéndole caras al compañero al otro lado del pasillo cuando la maestra no lo ve. Tenía cinco años, seis, antes de que
muriera mi viejo. No conocía la muerte, ni a Marx, ni el
sueño revolucionario que vendría, ni el sufrimiento de los
trabajadores, ni la cara fea del gobierno. Nada de eso se
había erguido ante mí aún, y el mundo se abría frente a mí
como un agradable sendero en el campo. Yo caminaba por
los senderos del campo, andaba en bicicleta con el viento
en el pelo. Qué ligero me sentía en la bici, como si las

ruedas girando contra la tierra pudieran elevarse en cualquier momento y volar y yo aceleraría hacia el cielo, hacia ese lugar en el que supuestamente estaba Dios sentado en su sillón de oro, repartiendo amor y órdenes. No estaba seguro de qué haría si conociera a Dios, si me tiraría a sus pies y los besaría como querría mi mamá o me echaría en su regazo o giraría bruscamente en el último instante hacia las nubes y de vuelta hasta la tierra. Había muchas cosas buenas en la tierra. El soplar del viento a mi alrededor cuando andaba en bicicleta. La brisa entre los árboles. El cantar de la risa de mi hermanita. El resplandor en mi interior cuando la hacía reír. Encontrar hormigas y arañas junto al arroyo. El olor de la tierra después de la lluvia. El calor del sol sobre mi piel. La cara de mi viejo cuando quitaba la vista del periódico para verme irrumpir en la sala. El tarareo de mi madre mientras colgaba la ropa. La voz firme de mi madre por la mañana, recordándome que debía trabajar duro mientras me ajustaba las solapas del uniforme antes de salir a la escuela. Esperaba todo de mí. Para ella yo lo era todo. Era el futuro de todo. Luego cumplí siete años. Mi viejo murió. Todo cambió. Ahora era el hombre de la casa, tenía que pensar en otras cosas, las cosas que garantizaban la supervivencia y que se me revelaron de pronto. Esa historia ya la conocés. Pesos. Mercados. Pan. El huerto que cultivó mi madre para ayudar a alimentarnos. Todas las plantas de ese huerto importaban. Cada tallo le daba esperanzas al estómago. Cada raíz nos conectaba con la vida. Cuando tenés tu propio huerto, te soltás un poquito de la red mercenaria del ámbito humano. Comés lo que cultivás con tus propias manos. Te saltás al intermediario y las facturas y las monedas y vas directo a la fuente. Hacés tu propio sustento o, mejor dicho —porque eso borra al agente principal—, cuidás la tierra mientras ella crea el sustento que necesitás.

Así entré en la jardinería: por necesidad. De la necesidad nació el amor. De cuclillas en la tierra junto a mi madre, luego sin ella mientras cocinaba o limpiaba, tenía mucho que hacer y los quehaceres no acababan nunca, así que me encargué de deshierbar y de regar, de plantar y de podar, de cuidar. El gozo de la tierra en mis manos. Bajo las uñas, demasiado profundo para limpiarla. El dolor sabroso en los músculos. Bien agachado. Cavar profundo, cavar poco, cavar lo justo. Cada planta tiene su propia lengua, su propia forma de echar raíz. No hay nada como oírlas. Nada como meter los dedos en la tierra.

¿Eso era lo que querías? ¿Vamos por buen camino?

¿No contestás? Carajo.

Te espero.

—M— e gustaría hablar de su estilo personal —dijo la reportera—. Su manera de hacer las cosas.

El expresidente se agachó para acariciarle la cabeza a Angelita. Estaba recostada contra él, ladeada; sintió el muñón de su patita y el calor de su panza en el muslo, pegadita a él, más cerca de lo que habría sido posible si hubiera tenido todas las patas.

—Está bien. Adelante.

—Nunca le gustaron los protocolos formales —comenzó la reportera. Miró sus notas como si las necesitara, aunque, basándose en la última hora de conversación, no fuera verdad—. Se dice que durante toda su presidencia nunca usó corbata.

—Es cierto —respondió, y se encogió de hombros—. Detesto las corbatas. Son incómodas, es difícil respirar con el cuello tan apretado. ¿Y en verano? ¿A quién se le ocurrió usar corbata en verano? —A los colonizadores, pensó, pero no lo dijo—. En fin, la mayoría de la gente de este país, la gente común y corriente, nunca se ha puesto saco y corbata. ¿Por qué no pueden tener un gobernante que los refleje?

—¿Entonces eso le importa mucho? ¿Parecerse a la gente común y corriente?

—Yo soy parte de la gente, parte del pueblo. Todavía huelo a pueblo. —No debería hablar así, de cosas como su olor. Era uno de los muchos deslices que sus asesores le habían señalado los primeros años, y habían tratado de corregir. Sobre todo con los reporteros extranjeros, decían. No se traduce bien, no van a entender, piense en la dignidad de su puesto. Pero se sentía cómodo con esa mujer amable y animada de Noruega, y a fin de cuentas, a esas alturas, ¿qué importaba? ¿Qué tenía que perder? Se regañó de inmediato: siempre es peligroso iniciar así un pensamiento—. La casa en la que vivo se parece más a la manera en la que vive la gente que cualquier otra residencia presidencial en la historia. Eso no quiere decir que sea la voz del pueblo. Claro que no. Pero sí soy parte de él. Somos un Nosotros.

—Un Nosotros —repitió ella lentamente.

—Sí.

—A veces se ha metido en problemas, ¿no? ¿Por tomar esa clase de decisiones? Una vez asistió a una toma de posesión en el extranjero y los guardias no lo quisieron dejar entrar porque no creían que fuera un jefe de Estado.

—Recuerdo ese día. Traía sandalias. No entendían las sandalias. Yo no entendía cómo esperaban que usara medias en un día tan sofocante. —No fue la única vez, por supuesto. No a todo el mundo en su país le gustaba su estilo, ni siquiera en su propio partido, el tercer partido, un joven partido progresista que recién estaba al mando y que se había formado a partir de tantas facciones de la izquierda que era siempre un milagro que ganaran tanto. Demasiadas visiones del camino por delante. Demasiado trabajo acordar algo y movilizarse. Una vez, en la casa de campo presidencial, se había metido en problemas por recibir a gente importante cerca de un baño cuya ventana daba a un patio donde había colgado su ropa interior y la de su esposa. Sr. Presidente, le dijo uno de sus asesores, no puede colgar la ropa a la vista de sus invitados. ¿Por qué no?, contestó, ¿qué no usamos todos calzones? Pero había tenido que dejar que el personal la quitara y encargar el lavado de ropa durante el resto del viaje. Hubo otra vez en que visitó al rey de Suecia y se le olvidó presentar formalmente el regalo que le había llevado. Lo dejó envuelto en una mesa, por lo que hubo una alerta de bomba y el palacio se llenó de soldados. Pero eso no había sido cuestión de valores, sino de despiste y de una excesiva falta de decoro. No le gustaba el decoro y tenía sus razones, pero aquel día había aprendido para qué podía servir.

—Conducía su propio auto por la ciudad —continuó la reportera—. Ese Volkswagen escarabajo que tiene. Vimos las fotos en las noticias en Noruega.

—¿En serio? Pues bien. ¿Por qué no? Es un buen auto, cumple su función, y me cansé de estar sentado en la caravana presidencial. Sé que mis guardaespaldas detestaban que me pusiera al volante, les hacía la vida difícil, les costaba trabajo tener que rodearme constantemente, así que a veces sí usaba el auto presidencial, pero nunca en el asiento de atrás como manda el protocolo, sino en el del copiloto.

—¿Por qué?

—Porque si le iban a disparar a alguien, yo iba a caer junto con el chófer.

La reportera parpadeó.

—¿Lo dice en serio?

—Totalmente. ¿Qué clase de hombre sería yo si lo dejara solo?

—¿Acaso la vida de un presidente no vale... pues... más?

—No.

—¿Ni siquiera por el bien del país?

—No.

La reportera lo miró fijo. Era imposible leer la expresión de su cara. Incluso el camarógrafo, escondido hasta entonces tras su lente, torció el cuello para estudiarlo abiertamente. Pensó en decirles que no era tan grave, a fin de cuentas, ¿qué tanto más seguro estaría en el asiento trasero o flanqueado por guardaespaldas? ¿Acaso la clase de personas que querrían matarlo (los generales de su propio país, la CIA) no encontraría la manera? Una vez, durante la presidencia, habían tocado a su puerta durante la noche, un militar, una visita breve y críptica, el mensaje claro como el agua. *Estás a nuestro alcance.* Pero, ¿y qué? Había enfrentado la muerte hacía tanto tiempo y había visto morir a tantos compañeros que se había convertido en parte de la trama de su vida. Pero le parecieron demasiado para decir, así que se encogió de hombros y dijo:

—Son ideas viejas de guerrillero.

—Ah. —La reportera ladeó la cabeza—. Solidaridad.

—Si no tenemos solidaridad, estamos perdidos.

La reportera pareció estar al borde de decir algo impulsivo, algo que no tenía planeado, pero se contuvo.

—De la misma manera, también se negó no solo a vivir en el Palacio Presidencial, sino a tener personal que le cocinara o le limpiara.

—Es verdad. ¿Por qué ser presidente debería significar de pronto tener criada?

—¿Qué hay de las nuevas exigencias y su tiempo más limitado?

—¡Bah! El tiempo para barrer también es tiempo para pensar. La cosa es que quizá me haya convertido en presidente, pero seguía siendo un hombre. Eso es lo que la gente no entiende de los presidentes. Nunca deberían estar por encima del pueblo, nunca deberían considerarse superiores a nadie más. Esa no es la realidad. Es un viejo sistema colonial que heredamos de tiempos monárquicos, ese trato majestuoso, y no debería ser así. Los presidentes no deberían fingir ser reyes. —Pensó por un instante en las noticias del norte, en el hombre del retrete de oro que era demasiado estúpido (o quizás demasiado despreciable) para distinguir entre presidentes y reyes, entre coronas y lugares para cagar. Pero ese pensamiento estaba atado a demasiados fantasmas del pasado y no quería seguirlos, aún no. También recordó que Noruega seguía teniendo rey. Tal vez no lo entenderían y podrían tomarlo a mal. Mejor andar con cuidado. Suavizó el tono—. Mire, ya sé que otros presidentes piensan distinto, y está bien, no digo que estén equivocados. Yo tengo amigos ricos y disfrutan de ser ricos. Es raro verlo, pero bueno, bien por ellos. —Había más que no dijo. Todas las historias tenían siempre algo más. Él nunca había tenido amigos así antes de entrar en la política electoral. Era gente que se le había acercado durante su ascenso al poder, que quería ayudarlo, que tenía amigos ricos en otros países, acceso a una red internacional tan potente que no se podía ver, y habían ayudado a su presidencia a atraer inversión extranjera para los negocios nacionales, y eso había ayudado, había creado empleos, y también eran seres humanos esos ricos, con sus yates y sus sirvientes, con sus relojes que podrían alimentar a una familia de cinco durante un año entero, eran capaces de tocarse el corazón y ayudar al gran proyecto de sacar adelante a un pueblo en un mundo globalizado; a fin de cuentas, no cualquier rico le ofrecía su amistad a un presidente como él, tenía que ver algo en su visión y querer formar parte de ella, y, che, sí que encontraban manera de formar parte de ella, tenían conexiones a las que él como presidente nunca habría tenido acceso ni en diez vidas, porque así funcionaba el capitalismo internacional, y, sin importar lo que opinara del capitalismo internacional, sin importar cuánto hubiera soñado con desmantelarlo de raíz en su juventud, tenía que aceptar que vivía dentro de él y su país también, para bien o para mal (en esa red global de poder, entre esos hilos invisibles e interminables), y tenía que lidiar con eso si quería ayudar a su pueblo a tener empleo, comida, una vida. El futuro les pertenece a los soñadores, pensó, pero no a los puristas—. Eso ha sido lo normal durante la mayor parte de la historia, ¿no? ¿Que los ricos estén al mando? La mayoría de mis predecesores venían de escuelas de élite, de clubes de campo. Yo no. Ni cerca. Ese no es mi mundo y ahora lo conozco mejor, pero no vengo de ahí y no debería tener que fingir lo contrario, no debería tener que cambiar quién soy para gobernar. Eso no sería buen liderazgo.

—Me parece que esa es una forma de ejercer el poder completamente distinta a la que estamos acostumbrados.

El viento se alzó y murmuró entre los árboles. Angelita se acomodó un poco, pero se quedó cerca, con el cuerpo relajado contra él.

—No digo que todo el mundo tenga que vivir como yo. Solo que así soy. Ese es el camino que tenía sentido para mí y estaba decidido a vivir mi verdad, para que ella tuviera un lugar en el mundo. —También había esperado que más gente siguiera su ejemplo, que donara la mayor parte de su salario para construir casas para los pobres, que se le unieran para forjar una vía económica más igualitaria, una suerte de redistribución de la riqueza voluntaria. No había funcionado. Eso lo había sorprendido, cómo, a pesar de toda la prensa que recibieron sus donaciones, la gente no se le había unido, había preferido aferrarse a su dinero. Cuando le comentó a su esposa su sorpresa, ella se rio. *¡Viejito! Hablás mucho de pragmatismo y mirate, ¡seguís* *siendo un idealista!*—. Un presidente que vive más o menos de forma normal, como el viejo anarquista que es.

La reportera sonrió.

—¿Un viejo anarquista de jefe de Estado?

Él arqueó las cejas fingiendo alarma.

—Me temo que sí.

—¿No es paradójico?

Él abrió las palmas como para abarcar todo su entorno.

—Hay paradojas por doquier.

—¿Y de dónde provino este camino, esta forma de vida? Porque verá, Sr. Presidente... —Se detuvo para acomodarse un mechón detrás de la oreja—. En todo el mundo hay gente que quiere desentrañar este código que usted encontró o que echó a andar, entrar en la paradoja, porque, pues, muchos de nosotros estamos hambrientos de nuevas formas de comprender el poder, de nuevos métodos de ser presidente, pero también gobernante en general, la manera en la que pensamos sobre la forma del mundo y en quién le da forma y cómo y por qué, y de hecho parece que estamos al borde de una era en la que necesitaremos comprenderlo más que nunca, que si ignoramos esas preguntas el mundo entero estará en peligro, ¿me entiende?, no estoy segura de estar expresándolo bien, estoy pensando en voz alta, tal vez no tenga sentido lo que digo.

—Sí tiene sentido —dijo el expresidente mientras pensaba. Sí, apuesto a que hace jardinería allá en Oslo, aunque solo sea en macetas en la ventana de la cocina, puedo verla arrancando hojas de albahaca para la cena mientras pica y remueve y cuece a fuego lento el caos de ideas en su cabeza.

—Entonces, ¿cuál es el secreto? ¿Cómo llegó aquí?

Lo sintió de nuevo. Estar parado al borde. La tentación. De contar, de hablar, de decir las cosas hasta el final. Ella lo observaba, alerta como ciervo. Él parpadeó, tomó aire, esperó a que se le pasaran las ansias.

Llevás mucho tiempo callado.

Era verdad, había pasado una eternidad, un lapso elástico de tiempo eterno durante el cual el sueño había ido y venido, la débil luz de las rendijas había ido y venido y él había mantenido su silencio terco en presencia de la rana. Había sido como ese juego de no parpadear al que jugaba con sus compañeros de la escuela y siempre había ganado, siempre había logrado aguantar hasta que el otro niño parpadeara sin importar cuánto se quejaran y le ardieran los ojos.

—Vos también.

No deberías haber parado.

—Vos no deberías sacarme de las casillas.

Tralalá, a dónde te fuisteeeeee…

—Te odio.

Mentiroso.

—Bueno, bueno, tal vez eso no sea cierto, tal vez no te odie, me descubriste. Pero de todos modos. No has dicho nada sobre lo que te conté. —Sintió la petulancia agolparse en su interior, aguda e infantil, lo sabía, aunque hacía mucho hubiera dejado de importarle. Se había aferrado a ese rencor durante el largo lapso de tiempo durante el cual no habían hablado—. Hice lo que me pediste. Hay cosas que nunca le había contado a nadie.

¿Como qué?

—Como la parte de subir en bicicleta hasta Dios.

¡Uy! ¡Uyuyuy! ¡El secreto más profundo del guerrillero!

—No te burles de mí.

¿Por qué no?

—Pues...

¿Por qué es un secreto tan grande? ¿Por la bicicleta? ¿O por Dios?

—Dios no existe.

No dejás de decir eso.

—Pues es verdad.

¿Y entonces por qué importa?

—Porque, en ese entonces... Al carajo, a quién le importa, no lo entenderías. ¿Qué sabés de ser humano?

¿Qué sabés vos?

La pregunta lo atravesó como una daga. No lo soportó, ya no quería que lo picaran.

—¿Me vas a ayudar a encontrar tu Cosa esa o no?

Así que no te has rendido.

—¿Y vos?

Encontrar te pertenece a vos.

—Fenomenal. Esto está de la gran puta.

Andá, andá.

—¿Qué caso tiene?

Estamos más cerca de lo que creés.

—¿Esta vez estás seguro?

No hay otra vez.

—¿Cómo puede ser eso?

Donde estabas. En la tierra.

—¿La parte de mis manos en la tierra?

Sí.

—¿Querés que te cuente más sobre la tierra? Veamos, pues, había tierra... ay, antes se sentía como poesía y ahora suena tonto.

¿Por qué?

—No lo sé. Es solo que... es un recuerdo chiquito, sin fuegos artificiales, nada que pondrías en una biografía, ¿viste?

Lo chiquito es todo. Por todas partes.

—Hum.

¿Te hacía feliz?

—¿La tierra? Claro.

¿Fue tu primera felicidad?

—No. No lo creo. Pero cuando murió mi viejo la necesitaba, fue la primera felicidad después de perderlo, porque mi madre tenía que estirar cada peso y los días no eran fáciles, mis compañeros de la escuela me tenían lástima por no tener papá y yo odiaba su lástima, incluso en ese entonces sabía que tenía menos que algunos, más que otros, y empecé a aprender el verdadero significado de la lucha de clases desde esos días hambrientos de...

Todo muy bien, pero no es por ahí, andá más hondo.

—¿Más hondo... a dónde?

A la primera vez que la viste.

—¿Que vi qué?

La Cosa.

—La Cosa De Mierda Que Tiene Todo Lo Que Necesito.

Sí.

—Carajo, ya te dije que no sé qué es, te doy más y más recuerdos y vos rechazás todos.

Más hondo es el camino.

Buscó en su interior, hizo un esfuerzo real.

—Sofía. Nadie me ha tocado más hondo que Sofía —dijo, asombrado al percatarse, ahí, en ese abismo, a mundos de distancia de cualquier abismo en el que estuviera ella, de que era verdad. ¿La vería otra vez? ¿Seguirían teniendo un vínculo? Le parecía imposible, demasiado, lo sacó de su mente.

No. Eso está bien. Pero está muuuuy lejos de la entrada.

—Entonces, ¿cuál es la entrada? —le rogó.

La primera vez.

—¿La primera vez que qué? ¿La primera vez que tuve sexo? No fue fenomenal, nada que presumir a gritos, te lo digo de una vez, de hecho fue vergonzoso, tenía mucho que aprender, pero me puse a tono...

No. Eso no.

—Pues estoy perdido. Esta idea loca fue tuya.

Más hondo, más hondo.

—¿Qué estoy buscando?

La primera vez que la viste.

—Me lleva el carajo. ¿Que vi qué? Esperá, por favor, no lo digas...

La Cosa que necesitás.

Qué carajo, pensó, que carajo es esto, ya no quiero jugar a esto, es hora de bajarme y dejar de seguir a esta criatura hacia una nada que inventó ella sola, esa Cosa ridícula, a fin de cuentas quién sabe de dónde sacó la idea, tal vez de ningún lado, tal vez se lo inventó todo y yo la seguí porque soy un idiota, porque no tenía nada que hacer, por puro escapismo, diversión, un juego demente, un brinco desesperado hacia una posibilidad de vida, un signo de interrogación colgado de una pesadilla, una esperanza en la que no podía creer o, peor, una esperanza en la que fingía no creer pero en lo más profundo no podía evitar abrirme a ella, solo un poquito, solo un centímetro, maldita esperanza, esperanza de mierda, por qué tenía que invadirlo, que agitar una parte secreta de él como el palo con el que picoteas la ceniza en busca de la más mínima brasa. ¿Y si no había nada en las cenizas? ¿En qué había estado pensando? ¿A dónde iba todo eso? Esa rana lo había llevado en círculos y estaba cansado de que le dijera que se había ido por el lugar equivocado, cansado de viajar por sus recuerdos, estaba más que cansado, no le quedaba nada, nada de energía, quería parar, quería que parara todo. Y sin embargo eso no era cierto: no quería que parara todo. Ya no, no exactamente. Ahora tenía algo, ¿no? Aunque no tuviera idea de qué era ese algo. Y, en todo caso, ¿por qué sería mejor parar? Sin esa conversación exasperante estaría de vuelta en la desolación de antes, presa de los guardias, de las hormigas, de la sed, de su propia mente. La rana era su última atadura, y en lo más profundo sabía —ahora lo entendía— que si la rana se iba antes de que terminaran, sucumbiría al horror, le pertenecería por completo al hoyo. Por eso siguió intentando.

¿Qué más?

¿Qué más albergaba en su interior?

—No lo sé, che. Quiero lograrlo, pero estoy atascado.

No dejes de hablar.

Eso hizo. Divagó. No sabía qué decía. Habló hasta tener la boca más seca que una piedra en un desierto. Se detuvo cuando bajó comida por la cuerda, se detuvo para caer dormido, pero la rana no se fue y él siguió aunque la noche se extendiera a su alrededor. Pasaron horas, luego días, y la rana seguía escuchando, y él aún no encontraba la entrada ni el camino. Deambuló por sus recuerdos, por el tiempo. Habló de pan, de la escuela, de su bicicleta, del lodo después de la lluvia, del cielo al tornarse oscuro, de su hermana cantando, de su hermana descolgando la ropa, de la ondulación de las sábanas, de la ondulación del viento, del traqueteo de las ventanas con el viento, del andar silencioso de las arañas, de despertarse por el alboroto de los pájaros, de imaginarse volando entre el alboroto de los pájaros, de llorar cuando murió su padre pero solo contra su almohada, porque ya tenía siete años, era un niño grande, un hombrecito, nadie debía oírlo nunca, y nadie había sabido que había llorado a su padre hasta ese instante, ahí, en el hoyo. Habló de ver los bizcochitos en el escaparate de la panadería, famélico, sabiendo que estaban fuera de su alcance. Habló de la regla de la maestra golpeándole el dorso de la mano, de su piel roja e hinchada. Habló de la tierra. Volvía y volvía a la tierra. ¿Qué había dicho la rana de la tierra? *Ahí tenemos que ir.* Así que la levantó ante sí: tierra, en sus manos, en sus rodillas, bajo sus pies, todo a su alrededor. Deshierbar junto a su madre, cultivar esas flores, cuidar las verduras que los alimentaban cuando perdieron los ingresos de su padre y tuvieron que arreglárselas solos, la cercanía del hambre, la falta de hambre gracias al lento respaldo que da la tierra, la alquimia silenciosa que permitía que creciera una planta. Desde el principio

su madre le enseñó a cuidar el huerto. Un desplegar-
se. Un nuevo poder. Un milagro que rivalizaba con los
santos: la luz del sol convertida en comida. La aparición
de los zapallos. La bendición de las flores. El evangelio de
cargar ramos a la feria, donde se los vendía a las viejas que
iban de camino al cementerio para honrar a sus muertos,
y la manera en la que cortaba los tallos cuando llegaba la
cosecha, la inclinación particular que las mantenía frescas,
había un arte del corte y lo reverenciaba aunque no se le
habría ocurrido usar esa palabra en ese entonces, se sentía
orgulloso de conocer ese arte, porque era un arte, el arte
de las flores... y entonces lo sintió. El tiempo se detenía.

Está muy cerca.

Flotar cerca de ese rincón del pasado, que se abre como
flor y revela su pulso brillante y constante.

Quedate ahí.

El arte.

Sí.

De las flores.

Entrá hasta el fondo.

—¿Acá? ¿Esto?

Contá.

—Hubo un hombre que me enseñó todo sobre las flores. Un vecino. Él las cultivaba en su tierra, las vendía,
hacía arreglos en su casa. —El recuerdo se abrió de golpe.

¿Por qué era tan radiante? ¿De dónde venía ese resplandor?—. Laburé para él de pibe y me enseñó su oficio.

Contá más. Contá hondo.

—¿Sobre mi maestro florista?

Sí.

—¿Ahí está el misterio que buscamos?

¿No lo sabés?

—Pero vos sos el que...

¿De verdad sos tan idiota?

—Está bien, está bien.

Hasta el fondo.

Así que lo intentó.

Había una vez un niño que aprendió el arte de las flores. Era yo. Tenía unos once años cuando empecé a ayudar en la chacra del señor Takata. Para entonces llevaba un buen rato en la panadería, y el dueño era amable, pero en realidad ya no me necesitaba, ya tenía a sus sobrinos en el mostrador, y pareció aliviado de que tuviera otro lugar a donde ir. La tierra del señor Takata estaba a tres minutos andando desde casa, era amplia y abierta, con fila tras fila de flores creciendo brillantes hacia el cielo, y mi trabajo era regarlas, cuidarlas y, después, una vez que demostré que estaba listo para ello, cortarlas y cosecharlas, que es una habilidad más sutil de lo que creerías, ¿viste? El señor Takata sabía todo al respecto, conocía el arte de las flores. No había nadie como él. Murió hace unos años, cuando yo estaba en la cárcel de la ciudad, ya sabés cuál, de la que me escapé; mamá me lo contó en una de sus visitas y me desgarró no haber podido ir al funeral. El señor Takata. Cuando tenía once años, mamá me dijo que tenía suerte de que me hubiera acogido, de que siempre debía ser respetuoso y serle lo más útil posible. Yo quería ser útil. Quería aprender. Todavía puedo ver esas flores, radiantes y frágiles a la vez, y mis manos llegaron a amarlas, a anhelar sus pétalos y tallos. Aún no sabía que esa labor me cambiaría la vida. Que llegaría a cultivar mis propias flores en nuestro patio trasero. Que vendería flores en el autobús a la escuela, que las vendería para vivir, que me convertiría en un florista que organizaba la revolución en secreto o en un revolucionario que practicaba la floristería entre reuniones secretas. Esas flores y la revolución se convertirían en mis labores gemelas. Y, sabés qué, ahora que lo pienso en serio, me pregunto si algo de todo eso habría pasado sin el señor Takata, si las flores hubieran ocupado un lugar tan grande en mi vida y en mi alma.

Porque su amor era palpable, ¿viste? Su amor y otros elementos que nunca expresé en palabras en ese entonces, pero que se sentían en la manera en la que trataba a sus plantas, algo que nunca había visto antes. El señor Takata había llegado apenas unos años antes de Japón con su esposa, la señora Takata, y poco después compró esa chacra, la cultivó y empezó una vida nueva. Era austero al hablar, cuidadoso con sus palabras, que para él eran nuevas, me refiero a que nuestro idioma era nuevo para él y salía modulado con los sonidos de su lengua materna, por lo que los chicos del barrio se burlaban de él a sus espaldas, exageraban su acento y se estiraban los bordes de los ojos hacia atrás cuando pasaban junto al portón de su chacra, pero mamá decía que yo nunca debía hacerlo, así que nunca me les uní, aunque —no quiero decir esta parte, pero dijiste que fuera a fondo, carajo, así que ahí va— tampoco los detuve nunca, ni a los adultos que los veían hacerlo y se reían con ellos. Nunca defendí a mi jefe que también era mi maestro florista. Qué vergüenza. Ahora me duele.

¿Estoy divagando?

¿Me estoy saliendo del tema?

¿Cómo llego a La Cosa?

No me vas a decir, ¿verdad?

Quedate callado, pues, con lo que me importa. Carajo. Bueno. El señor Takata era un verdadero maestro. Ninguno de los pibes del barrio podía ver eso. Hablaba el idioma de las flores y me lo enseñó. Ahí estamos en la tierra, inclinados sobre los claveles, uno junto al otro, cortando tallos con la diagonal justa. Con unas tijeras afiladas que había traído de Japón, de mangos curvos, nunca encontrarías algo así en nuestro país, pasó un tiempo hasta que me dejó usarlas, pero al final me dio permiso. Una de las pocas cosas que traje, me dijo una vez. Pero esperá.

Esperá. Cuando dijo eso no estábamos en el campo, sino adentro de su casa. En la sala. Era del mismo tamaño que la de mi familia, pero se sentía mucho más espaciosa, porque tenía muy pocas cosas, cada objeto estaba colocado en su lugar con gracia en vez de abarrotar un rincón todo amontonado. Nunca había visto una sala así. Mientras que las demás parloteaban con sus colores y objetos, esa parecía, no sé cómo decirlo... callada no, porque lo opuesto de estridente no es callado. Es otra cosa. Había espacio para que cada voz, para que cada forma y cada cosa vibrara en sus propios términos. Al señor Takata le había tomado meses invitarme adentro. Yo había trabajado duro en esos meses y se había relajado conmigo. Su esposa me ofreció té en japonés, que el señor Takata tradujo, y cuando asentí hablaron un poco entre ellos en su lengua. Era un sonido que no había oído nunca, no podía distinguir las palabras en el río de su habla. Fluía sobre los guijarros de sentido, los suavizaba, o por lo menos así me sonaba a mí. Mientras hablaban, se me ocurrió que quizás el señor Takata no siempre era tan taciturno como yo lo veía, como era conmigo o con los vecinos, que tenía otras caras que solo existían en su casa, que existían en japonés, y estaba atisbando una de ellas, un vistazo mínimo, pero suficiente para asombrarme. La señora Takata fue a la cocina y regresó un poco después con una taza de té. La puso frente a mí. Tenía la cara desgastada y amable. El té tenía un sabor extraño, inquietante, pero no me atreví a decir ni una palabra. Me lo bebí y le sonreí a la señora Takata, quien se me quedó viendo un largo rato. Me di cuenta de que no hablaba mi idioma, era la primera vez que había cruzado miradas con alguien cuyo léxico fuera completamente distinto al mío; le di las gracias y nos sonreímos, casi con timidez, y luego hizo una pequeña reverencia y se retiró a la cocina. El señor Takata estaba acomodando flores en un jarrón, tres tallos, con una precisión tierna que me hizo pensar en los pintores renacentistas de los que nos habían contado en la escuela, cómo cada brochazo importaba y aportaba algo al todo. Como siempre, estaba hipnotizado por sus manos, su poder, su firmeza, el canturreo brillante que ellas les arrancaban a las flores. Estas tijeras, dijo el señor Takata, son una de las pocas cosas que trajimos. Solo podíamos traer cosas pequeñas. Y luego habló. Más de lo que me había hablado nunca. Me quedé sentado y lo escuché, asombrado, con las manos calientes por la taza de té. Antes vivía en una ciudad. Habían huido, venían las bombas, estaban en guerra, se habían ido con muy pocas cosas, él era doctor en ese entonces —yo no lo sabía, no me lo había imaginado—, pero siempre había cultivado flores, por amor, dijo, prolongando con cautela la palabra *amor;* en Japón, añadió, se reverenciaba el cultivo de flores. En japonés usaban una palabra cuyas raíces provenían de la palabra para designar a las flores y la palabra para expresar *dar vida a las cosas*. Dijo que le hacía sentir algo que no sabía bien cómo describir en español, pero que era una sensación importante, dar vida a las cosas. Ahora su ciudad estaba destruida, había muerto mucha gente —y de niño aún no sabía ver bajo la superficie de esa declaración tan sencilla, quién podría estar implicado y afectado en la frasecita *mucha gente:* padres, hermanas, hermanos, vecinos, amigos— y ahora en esta tierra nueva no podía hacer el mismo trabajo que antes, pero, dijo con las manos aún en las flores, su mirada en la mía, los ojos sin vacilar, podía cultivar cosas.

Cultivar cosas.

Qué me pasa, no puedo pensar.

¿Por qué está húmeda mi cara? ¿Estoy llorando? Creí que había perdido mis lacrimales en la cámara de tortura, en serio que sí, qué es esto, qué me está haciendo, señor Takata. Él me mostró todo. Toda la tristeza, todo el sufrimiento estaba ahí en sus ojos pero yo no podía absorberlo, era una intensidad que veía pero que no reconocía, yo era un pibe, qué sabía, había perdido a mi viejo, sí, no me alcanzaba para los bizcochitos elegantes, pero y qué, mi madre todavía me adoraba y mi país seguía entero... no puedo. No. No puede ser que quieras...

Mi país seguía entero y
cuando un país se rompe qué más
señor Takata, señor Takata, ¿puede…?
¿Puedo…?
¿Puede verme?
¿En este hoyo?
¿Llamándolo?

El hoyo se expandió, resplandeció, se abrió. Lo inundó el mundo. En él entraron las manos del señor Takata. Eran justo como las recordaba: firmes, de dedos largos, hábiles y precisas, pero crecían a cada instante, hasta alcanzar el tamaño de ese hoyo y quizás tan grandes que hasta podrían contener el dolor, ¿sería posible? ¿Habría unas manos en el universo capaces de contener el dolor? ¿El dolor de haber perdido el país, el hogar, la seguridad, muchas vidas, el mundo tal como lo conocías antes? Expuso su alma a esas manos. Alcanzaron el tamaño de una casa, unas manos enormes, manos de refugiado, tristeza almacenada en unos huesos que no estaban rotos, que se ahuecaban como si quisieran contener agua, un pétalo, un sacramento. O a él. Podrían contenerlo a él. ¿Dónde estaba la rana? Allá en el rincón. Callada. Un testigo. ¿Y dónde estaba su propia voz? No podía hablar, le dolía la garganta con una plenitud de la que no podía salir ningún sonido, así que hizo lo único que le quedaba por hacer: se entregó a las manos. Se subió a ellas. Formaron un nido a su alrededor, un barco amable, una flor. Se acurrucó en las manos como una semilla humana. Por favor, que esto sea real, pensó. Quiero que me cuiden. Quiero quedarme acá en estas manos que han conocido la tristeza de un país y miles de pétalos, el discurso más flagrante del planeta, quiero quedarme aquí para siempre, aunque incluso entonces entendía que eso no sería posible, porque por muy quebrado que estuviera después de cuatro años de cárcel, por muy hambreado y lleno de ampollas e inundado de desolación, por muy seguro de que todo había acabado para su país y para su vida —de que su país estaba destruido, de que el mundo como lo conocía estaba destruido—, vio, en un destello fugaz, mientras yacía en las enormes palmas ahuecadas del señor Takata, que a pesar de todos sus miedos y esperanzas secretas, no había perdido la cordura.

Ni sus manos.

Ni la oportunidad, por magra que fuera, de ser libre algún día.

Y, si tenía esa oportunidad, comprendió que tenía que aprovecharla, tenía que levantarse y seguir adelante, seguir con lo que le habían dado, cultivar cosas, dar vida a las cosas.

—><—

Bueno —dijo la reportera, reclinándose en su silla—, ¿estamos listos para hablar del norte?

A lo lejos, un ave graznó en el aire cálido de la primavera. La luz de la tarde empezaba a languidecer, rica y pesada en su viaje hacia la oscuridad.

—No —dijo el expresidente.

—¿No?

Se quedó impávido.

—Nunca vamos a estarlo.

—Ah. —Examinó su cara, se rio un momento, se puso seria—. Tiene razón, nada podría prepararnos para este momento.

Nada y todo, pensó, pero no lo dijo.

—La noticia hizo tambalear a Noruega. Mucha gente está impactada. Se preguntan qué significará para el futuro, pero también en cómo pudo haber pasado. ¿Cómo podría alguien votar por un hombre así?

No parecía una pregunta de entrevista, sino una pregunta retórica. Sintió que a la reportera se le caía la máscara, la frontera del interrogatorio unidireccional se difuminaba y entraban al mundo de la conversación, un mundo en el que se sentía cómodo, como en casa.

—A veces la gente vota según sus miedos, o vota por el cuento que les cuenta el candidato y que quieren creer que es verdad.

—Pero ese cuento... las cosas que dice... son feísimas. Llenas de prejuicios. Peligrosas.

—Sí, bueno. —Todo era muy nuevo. No la fealdad, que era tan antigua como la historia, y sin duda tan vieja como la historia de las Américas, sino más bien ese cambio en el orden mundial. Apenas había empezado a forjar sus pensamientos en palabras; rebotaban y giraban en su interior, pero no podía darse el lujo de esperar a que fueran cristalinos, porque era un expresidente y por lo tanto se esperaba que tuviera a la mano consuelo, advertencias, opiniones. Y, en cualquier caso, quizá nunca fueran cristalinos; podría nunca estar completamente seguro de qué rayos estaba pasando, así que sería mejor no esperar con la boca muda—. Estamos en peligro.

A la reportera pareció sorprenderle su franqueza.

—¿En serio?

—Sí. —Estaba casi divertido; era una declaración muy obvia, pero, claro, podría sonar particularmente siniestra al salir de su boca, el supuesto faro de la esperanza—. Por supuesto. —Y tampoco se trataba de un peligro nuevo, era más bien una acumulación de los peligros existentes en el mundo, y no era la primera vez que un país entraba en la terrible realidad de tener un déspota incompetente y sin moral rectora al mando, ni sería la última, y ni siquiera era la primera vez que un país con un poder exagerado le cedía su timón a un déspota para detrimento del resto del mundo, pero eso nunca había salido bien a nivel global y dudaba que esas palabras la consolaran. Se sorprendió al descubrir eso en su interior, el impulso de consolarla.

—Yo... —Pareció flotar al borde de un pensamiento, indecisa—. Tengo miedo —dijo por fin—. Más que nunca.

Había mil cosas que pudo haber dicho, pero presintió que no era su turno, que ella tenía más cosas en la punta de la lengua y que debía esperar a que continuara. *Las mujeres tenemos tanto que decir como los hombres,* solía decir Sofía. *Pero nos interrumpen todo el tiempo.* La Escuela de Sofía, así le decía, su universidad privada propia, eso les daba risa a ambos porque él nunca había obtenido un título. Y no lo necesito, le decía, vos y la vida son las únicas maestras que necesito. Claro que eso era en los buenos momentos, no cuando Sofía le señalaba que había interrumpido a una mujer en una reunión, que tenía que aprender a hacerse a un lado y dejar hablar a las mujeres. Hace muchos años, esa clase de comentario lo habría hundido en días de mal humor y autocompasión, porque, ¿acaso no siempre había aceptado que las mujeres dirigieran? ¿Acaso no la respetaba a ella más que a nadie? ¿Cómo podía acusarlo de lo mismo que había visto hacer a otros hombres, de la manera en la que irrumpían cuando estaban hablando las mujeres, pomposamente, enamorados de su propia voz? Él no era así, ¿qué no lo sabía? Se burlaban juntos de esos hombres que la interrumpían en el Congreso, él no era como ellos, ¿cómo podía sugerirlo siquiera? Le tomó años aceptar a regañadientes que no solo lo hacían los pomposos, sino que también podían hacerlo los buenos, que ella le estaba enseñando algo que no había logrado aprender solo. Algo que no solo era cuestión de etiqueta ni de cómo tener conversaciones más equilibradas, sino una cosa más profunda: cómo moldear la liberación para que incluya a todo mundo, cómo ver los lugares donde habías dado por hecho que todos estaban incluidos aunque no fuera cierto, cómo ampliar los canales, empujar a la revolución para que esta cumpliera con sus propios sueños. No dejar fuera a nadie. Ni a las mujeres, ni a la gente negra, ni a los gais ni a los transgénero ni a los indígenas ni a los inmigrantes ni a los refugiados. En los viejos tiempos, él creía que su revolución era la visión más amplia posible. Qué sorpresa había sido oír que cuestionaran eso en años recientes. Los activistas más jóvenes tenían una facilidad aterradora para criticar el pasado. Eso le molestaba, pero también había aprendido algunas cosas. Todavía se equivocaba a veces, pero por lo menos entendía algunas cosas más que antes y estaba más dispuesto a aprender, a reconocer que se había equivocado, a intentarlo de nuevo. *Te encanta hablar*, le dijo Sofía una vez, tarde por la noche, *eso no tiene nada de malo, de hecho, todos queremos que hables, lo necesitamos. Pero también tenés que escuchar.* Y él contestó: No quiero ser como los pomposos. Y entonces ella lo miró divertida y dijo: *Pues no lo seas.* Ahora él, un expresidente al que le encantaba hablar, él, el entrevistado, usó su formación en la Escuela de Sofía para mantener la boca cerrada y esperar.

Un ave graznó sobre sus cabezas mientras se alejaba al vuelo.

La reportera abrió la boca y la cerró. La abrió de nuevo.

—Quiero ser optimista, le juro que sí. Pero estoy en guerra conmigo misma. Hay demasiadas cosas que me preocupan, empezando por la seguridad de los musulmanes, de los inmigrantes y de las personas de color en ese país. Luego está el posible impacto catastrófico para el resto del mundo. Piense en el cambio climático: no puedo imaginar cómo vamos a avanzar en los acuerdos internacionales, cómo vamos a afrontar el enorme reto que enfrenta el planeta. Sin mencionar lo que pasará si surge algún tipo de emergencia internacional durante su periodo.

—Podría pasar cualquier cosa.

—Sí.

—Y, por supuesto, el cambio climático ya es una emergencia internacional —dijo—. La más grande que enfrentaremos, sin importar qué más suceda.

—Sí, sí —dijo por reflejo, casi por deber, con la voz ligeramente velada por esa capa que se había acostumbrado a oír en respuesta a la crisis climática. Nadie sabía que lo hacía. Una reacción humana ante lo colosal. Ella hizo una pausa, como si deliberara si continuar con el tema, y él se tensó, se preparó para calibrar sus respuestas de modo que ella no escuchara todo el dolor que lo embargaba por lo que le iba a suceder a su país, a todos los países, el daño que ya sufrían los más vulnerables, porque por ahí siempre empezaba el daño, cómo sonar la alarma sin sonar alarmista, cómo fomentar la calma y al mismo tiempo obligar a la gente a ver lo serio del asunto, porque la verdad era que la gente no quería enterarse, no quería pensar que los sistemas de los que dependía estaban a punto de recibir una presión sin igual, que los sistemas eran frágiles, que las fallas en los sistemas aumentarían exponencialmente bajo presión, que el daño sería mucho mayor de lo que cualquier mente humana podía imaginar, nadie quería oír toda esa mierda de boca del supuesto faro de esperanza, él tampoco quería oírlo, pero lo había visto, había oído los informes, leído los reportes, lo había sentido enturbiar sus sueños. A menudo se despertaba bañado en un sudor que parecía compuesto de tormentas furiosas, las tormentas en el interior de sus sueños, que inundaban pueblos y arrasaban con vidas y lo dejaban empapado y sin aliento en su cama, con las extremidades ardiendo, asediado por el clamor de los ahogados. Y sin embargo no debía darles voz a esos sueños, solo a la urgencia que los causaba. Cómo decirlo, cómo ponerlo en palabras... pero la reportera continuó—. Y luego está la cuestión de que esto podría fomentar un ascenso global de la extrema derecha. En Noruega no queríamos creer que tuviéramos nuestra propia extrema derecha horrible, ni que tuviera fuerza ni que estuviera conectada con nuestro núcleo cultural, eso fue hasta la masacre de hace cinco años. Estoy segura de que la recuerda.

La recordaba. Estaba sentado en su oficina presidencial, oyendo a un asistente leer el informe en voz alta: Un tirador solitario en Noruega, no un musulmán, como habían creído al principio, sino un supremacista blanco, una

bomba, un rifle automático, un campamento de verano
con los hijos de los dirigentes de partidos de izquierda,
sangre, sangre, sangre, niños castigados por los peca-
dos de sus padres, y cuál era el pecado, dejar entrar inmigrantes, dejar entrar gente morena, negarse a odiar.
Se había quedado con la mirada perdida mientras su
asistente seguía hablando y las palabras le caían encima
como sonido puro y sin descifrar, y por un instante ya
no estaba en su escritorio en el continente americano,
sino en una isla noruega donde llenaba un río de sangre
con su propio río de lágrimas, y la gran tentación era
dejarse caer en ese río y olvidarse de todo, rendirse,
flotar a la deriva. Pero no. Estaba en su oficina. Le estaban leyendo el informe. Tenía los ojos secos. Tenía
trabajo que hacer. Se lanzó al resto de su día mientras
empujaba al río hacia las capas subterráneas de su mente, de donde ahora surgía para llenarlo de una tristeza y un horror frescos, porque eso podría suceder de
nuevo después de las elecciones en el norte. Sucedería de nuevo en el país en el que habían elegido a ese
hombre, sin duda, y también en otros lados, porque los
discursos ahora eran globales y permeaban las fronteras nacionales en un parpadeo. *Sangre, sangre, sangre.*
Podía haberlo dicho, pero no lo dijo. No estaba seguro
de que ella le creería si trataba de expresarle el horror,

la violencia que los esperaba; la gente no siempre podía ver lo que no soportaba imaginar, y cuantos menos
tiempos sombríos hayas vivido, menos lo ves venir.
Cambió sus pensamientos de canal.

—Claro. Qué cosa horrible.

—Nos quebró. Nos quebró en dos. Un aumento de in-
cidentes parecidos... —Se detuvo, respiró hondo, como si
le faltara el aire.

... *Es probable*, pensó para terminar su oración, pero en
vez de eso dijo con gentileza:

—También recuerdo el brote de solidaridad en Oslo.
Las flores. Las muchedumbres. Pancartas con mensajes
hermosos.

Ella asintió.

—Yo llevé a mi hijo a las vigilias. Apenas tenía cuatro
años en ese entonces y estaba asustado, pero teníamos que
ir, tenía que mostrárselo y de todos modos ya lo sabía. Su
primo... mi sobrino estaba en ese campamento...

Se le quebró la cara, se le atoró el sonido en la garganta.

—Lo siento mucho —dijo el expresidente, porque le
faltaron las palabras. Tiempos sombríos. Había hecho supuestos sobre su vida primermundista. Pero, ¿qué sabía
de lo que cargaba en su interior? No estaba sorprendido,
sino más bien impactado por lo imposible que era medir
cómo existía una persona bajo su piel, cuánto le pesaba

el mundo, la forma y el peso exactos de esa presión. El sobrino muerto emergió, un fantasma, un halo de luz que embellecía el jardín con su aparición.

—No, yo lo siento —dijo la reportera, sin intentar limpiarse las lágrimas—. Me salí del tema.

El expresidente quería oír más sobre el sobrino, sobre su hijo, y más que nada sobre la vigilia, cómo lo habían logrado, cómo la habían sobrellevado. Cuánto tiempo habían caminado por las calles, si su hijo había cargado flores hacia una ofrenda o si su madre lo había cargado a él, o ambas cosas, una flor en las manos de un niño en los brazos de su madre, un niño tan chico que esos brazos eran su mundo entero. Si habían guardado silencio o cantado alguna de las canciones de paz que habían llenado las vigilias. Los colores de sus flores. Flores, flores, sus colores trenzando una marcha fúnebre.

—No se salió de tema en absoluto —dijo—. De hecho, es posible que sea el único tema que existe.

Ella se lo quedó mirando en silencio, esperando algo de él, de ese hombre al que había llamado *Sr. Presidente* aunque ya hubiera terminado su mandato, qué convención más extraña, referirse a un expresidente como si siguiera habitando su título. Él esperó, le dio espacio, y de pronto se preguntó cuántas entrevistas más tendría antes de que llegara la muerte a llevárselo, cuántas tardes como esa, y entonces se dio cuenta de que nunca más tendría otra tarde como esa. Ese pensamiento lo llenó de un sentimiento a medio camino entre la tristeza y el asombro. Ella seguía mirándolo, y por un momento terrible no tuvo idea de qué hacer, de qué decir, de qué ofrecerle, porque no había nada que pudiera borrar el dolor y lo sabía, así que se quedó ahí sentado y siguió sus instintos y la dejó mirarlo, se permitió ser visto.

A lo lejos, un coche gimió por la calle. Finalmente, ella se secó la cara con manos cuidadosas. Cuando habló de nuevo, tenía el tono firme, la cara serena. Había pasado el momento.

—Me sorprendió su reacción cuando se enteró de los resultados de las elecciones la semana pasada.

—¿Leyó la noticia?

Ella asintió.

—Vi el video.

—Estaba en Italia, saliendo de mi hotel por la mañana, cuando se me acercó un grupo de periodistas.

—Sí, y le dieron la noticia y le pidieron un comentario. —Parecía casi divertida—. ¿Quizá no había planeado ninguno?

—No tuve tiempo. Me enteré en ese instante. Y, de cualquier forma, ya sabe cómo soy. —Surcó el aire con la mano—. Digo lo primero que me viene a la cabeza. No soy perfecto, pero soy honesto. Creo que la gente debería decir lo que piensa de verdad.

—¿Incluso en política?

—Sobre todo en política. Digo, ¿qué es la política?

—Usted dígame.

—Es la lucha por darle alegría y libertad a toda la gente.

Ella arqueó una ceja.

—¿Nada más?

Pudo decir muchas más cosas, tenía mil palabras en la punta de la lengua, ansiosas por ser oídas, porque ¿qué habían sido todos esos años sino una incursión en esa misma pregunta, y cuántas respuestas estrepitosas había encontrado? Más de las que podría ordenar en una sola vida. Mejor atenerse a la brújula interior a la que había acudido una y otra vez, y que aún no lo había traicionado.

—Nada más.

Todo ese tiempo, mientras el futuro presidente se acurrucaba en el nido de las manos del señor Takata, la rana se había quedado callada, mirándolo sin decir palabra.

El hombre extendió los brazos y recogió ese cuerpecito frío. Era la primera vez que se tocaban y la rana soltó un ruido como un suspiro gutural al relajarse entre sus manos.

Arropó a la rana contra su pecho, no muy lejos del latido de su corazón. Una rana acunada en las manos de un hombre acunado en las manos de un gigante.

Lo recorrió una calidez, la calidez de un abrazo. Era distinto al abrazo de Sofía, de sus amantes pasadas, de su madre, a quien sacó de su mente como siempre había hecho durante los últimos cuatro años para protegerla de ese lugar sombrío, pero no, esperá, dijo una voz en su interior, dejá que tu vieja respire dentro de tu mente, cobarde, dale eso al menos, así que lo hizo, dejó entrar a su madre, la

dejó erguirse en su consciencia, mamá, mamá, ¿me sentís?, ¿me escuchás?, ¿sabés que sigue vivo tu niño?, perdón, mamá, por el dolor, por la preocupación, por todo
lo que has sufrido. Nunca me voy a disculpar de nada con
estos hijos de la gran puta, pero a vos te lo debo todo. No
sabía si su madre podría oír alguna vez esos pensamientos.
Meció a la rana contra su pecho, la acunó con suavidad, su
primer abrazo en cuatro años. En todo ese tiempo o había carecido de cualquier tipo de contacto o había tenido
contactos hostiles —el contacto con los guardias—, pero
solo se daba cuenta de eso ahora que estaba en contacto
con otro ser vivo. La calidez siguió extendiéndose por su
cuerpo, le cosquilleó los dedos, le despertó la piel, envió
sangre a su sexo, qué era eso, ¿podría ser?, sí, carajo, pensó, tengo una erección, no durísima, nada que presumir,
pero la tengo parada, y eso lo avergonzó más de lo que
se atrevía a admitir, esa historia la iba a mantener ente-
rrada para siempre, nadie podía enterarse hasta el fin de
los tiempos, la pija parada por abrazar a una rana, sea una
rana hembra o una rana macho, un rano, ja ja, ahora que
lo pensaba, podría ser una rana macho, nunca se había
molestado en preguntar, pero hay ranas hembra y ranas
macho, y esa que tenía entre sus manos podría ser... la pija
parada por una rana macho, a quién se le habría ocurrido
algo así, y sin embargo —¿por qué no admitirlo?— la

humillación y la confusión se entremezclaron con alivio de que aún le sirviera siquiera, no se le había parado desde que estaba preso, desde antes de La Máquina, al menos su cuerpo seguía pudiendo, los electrodos en sus genitales no los habían arruinado para siempre, era bueno saberlo, podría serle útil si alguna vez salía de ese lugar abandonado por la mano de Dios, y, vaya, un pensamiento optimista por fin, mirá vos, pensó, llegó y se fue volando pero lo disfrutó de todos modos, había que disfrutar de un pensamiento optimista en un lugar como ese, un chispazo de humor valía más que el oro, la rana estaba fría entre sus manos ahuecadas y recargada contra su peso, su dulce peso, la alegría, no había tocado a nadie ni lo habían tocado en meses y ¿cuánta locura habría logrado evitar con solo un poco de contacto amable? La rana respiraba, él respiraba, sus ritmos se entrelazaban aunque no fueran el mismo. Juntos formaban una canción serrada pero extrañamente perfecta.

Se quedó dormido así, con la rana contra su pecho, aún arropado entre las manos enormes del señor Takata. Soñó con Sofía de vestido azul, riendo. Estaba en una playa urbana, a la orilla del río, sabía cuál porque veía la rueda gigante al fondo, la que tiene una vista amplia del centro de la ciudad y la extensión eterna del río, la rueda se cernía detrás de ella, girando, girando, con las góndolas vacías.

¿Adónde se había ido la gente? Sofía, la llamó. Sofía. El río resplandecía de luz. Ella se giró hacia él y su boca se movía como si hablara, pero no emitía ningún sonido.

Cuando despertó, las manos gigantes ya no estaban ahí, y la rana tampoco.

El hoyo estaba igual que antes.

El hombre esperó un largo tiempo a su amigo. Un día, dos días, veinte. Pero había sido todo. Ya no quedaba más. Nunca volvió a ver a la rana.

Unas semanas después, lo sacaron del hoyo para llevarlo a una celda en solitario sobre el nivel del suelo durante un lapso de tiempo elástico e incierto, luego a otra, y a otra. Las cosas cambiaban y se mantenían iguales. Cada vez que lo mudaban, en la parte trasera de un camión militar, con los ojos vendados, podía confirmar que sus dos hermanos en la lucha, sus compañeros, seguían cerca, habían estado en el mismo lugar que él y estarían en el siguiente, dos celdas en solitario junto a la suya. Cómo saber qué batallas épicas se libraban en sus celdas. A veces, en algunos lugares, oía pasar a los guardias con más frecuencia e incluso distinguía los gemidos lejanos de sus compañeros o de otros prisioneros desconocidos. Todo eso le recordaba la existencia de los seres humanos, el esfuerzo constante de la humanidad, y eso lo ataba al mundo, por muy sórdida que fuera su expresión.

Los pisos eran casi siempre de concreto, fríos para dormir allí, ya casi no le tocaban pisos de tierra. A veces había hormigas, y arañas, pero rara vez gritaban, y nunca hablaban. Y no había ranas. Aguzaba el oído, esperaba, a veces sentía un brinco de esperanza cuando algo se movía en un rincón, pero no llegó ninguna rana; por supuesto, era imposible volver a ver a la misma que conocía, nunca habría podido seguir a los camiones militares por el campo ni infiltrarse en una celda remota, cómo se le ocurría siquiera, y qué estaba pensando, no tenía ninguna razón para seguir acechando en las sombras a una criatura cuya compañía anhelaba.

A veces recordaba sus conversaciones. Hasta el más ínfimo detalle de sus intercambios se sentía valioso ahora, incluso la irritación, las vueltas en círculos, los comentarios mordaces. Todo formaba parte de algo más grande, como frases de un libro preciado, y sin nada que leer más que su propia mente, dejó que las palabras habladas lo habitaran como texto, las extendía como pétalos, atrevidas, presumiendo sus colores al mundo.

No siempre bastaba. No había sanado. No era posible sanar por completo. El único milagro posible era mantenerse con vida. La cordura seguía siendo un cordel muy fino; se aferraba a ella esporádicamente, la soltaba y caía, luchaba contra el enjambre de pesadillas hasta subir de nuevo con cualquier cuerda que encontrara, un pensamiento, una palabra, un sonido.

Pasaron cuatro años más.

Seguía vivo.

La tormenta empezó a aclarar cuando por fin le permitieron tener libros.

También permitieron que lo visitara su madre. Ella le llevaba su cara, viva de amor y de una decisión feroz de ayudarlo a sobrevivir. Él buscaba reproches o reclamos en sus ojos, en su lenguaje corporal —tenía derecho—, pero no encontró nada. No la dejaban tocarlo, pero con solo verla le bastaba, casi era demasiado. Ella le llevaba trozos de noticias, sobre su hermana, que estaba felizmente casada aunque nunca hubiera logrado tener hijos; sobre el esposo de su hermana, que había ido a la casa hacía poco y reparado una reja en silencio, sin que se lo hubiera pedido; sobre los nietos de los vecinos, altísimos ya. También le llevaba todos los libros que podía. Las autoridades solo permitían libros de ciencia, cualquier otra cosa seguía siendo demasiado peligrosa, cualquier libro que contuviera humanos o ideas humanas podía ser subversivo y, por lo tanto, estaba estrictamente prohibido.

Leía cada palabra como un perro hambriento roe un hueso. Agronomía. Biología. El mar de galaxias en el espacio exterior. La estructura molecular del agua, la estructura celular de todo lo que podías llamar vida. Cada oración estaba viva. Cada página era un bálsamo para sus ojos. Su mente saltaba para encontrar la consciencia impresa en esos textos, bebía las oraciones como si fueran ríos que pudieran llevarlo a flote. Las autoridades no podían imaginar que, por mucho que hubieran intentado evitar cualquier volumen sobre el pensamiento humano, le habían dado lo más cercano a una escritura sagrada para un hombre como él. No hay más Dios que la naturaleza. No hay más Dios que el Nosotros colectivo. Buscaba al Nosotros colectivo en esas páginas, buscaba pistas proféticas de los misterios humanos. ¿Qué somos?, pensaba con furia, ¿qué somos? En la cúspide de toda esta gloria —mitocondrias y magma y protones y, santo cielo, semillas— ¿dónde estamos? Seguía surgiendo una respuesta: no estamos hechos para estar solos. No existimos en el vacío. Ecología: la disciplina más subversiva de todas. El tratado socialista secreto definitivo. Estamos hechos para conectarnos y para que nos importen los demás, lo dice la ciencia. Ya sea la propagación de enfermedades, el equilibrio de la cadena alimenticia o las ondas expansivas del clima, cualquier cosa que haga uno afecta al otro, y así sucesivamente hasta el final. Estamos atados a los destinos ajenos por hilos invisibles, aunque no queramos admitirlo, y negamos esas conexiones bajo nuestro propio riesgo. Claro, somos mamíferos, así que estamos hechos para estar cerca unos de otros, pero eso no solo aplica a nosotros, aplica incluso a los organismos menos sociables, que de todos modos se alimentan de lo que los rodea, eso los mantiene, y ellos lo alimentan a su vez, bichos, plantas, hongos; la interconexión está por doquier; incluso las estrellas forman campos gravitacionales para mantener a los planetas en sus órbitas, allá en la oscuridad fría y solitaria.

Aún pensaba seguido en la rana, en La Cosa, en las manos gigantes del señor Takata. Se las imaginaba de cuando en cuando, esas manos rodeándolo, y aunque nunca volvieron con el mismo resplandor visceral, la versión que lograba invocar bastaba para calmar su cuerpo, para permitirle resistir. Seguía estando solo y seguía formando parte de un vasto linaje de pérdida y sufrimiento, que se extendía por el tiempo a través de todos los horrores del pasado: sufrimiento y, a veces, supervivencia. En todo ese tiempo, en todos los días que siguieron a las conversaciones con la rana, antes de los libros y después de ellos, sin importar lo aburridos o brutales o fríos o calientes que se tornaran sus días, sin importar cuánto miedo o tristeza lo acosaran ni cuánto le desgarrara el alma el duelo por su país, nunca cedió otra vez a la tentación de morir. Ni una sola vez. A partir de entonces supo que quería vivir, y que, aunque no supiera si iba a ser libre de nuevo, iba a seguir vivo mientras lo dejaran esos hijos de puta, tras las rejas o fuera de ellas; no importaba qué le deparara la vida, seguiría respirando y luchando y amando —porque de qué otra forma podía llamar a esa voluntad de respirar y luchar— con todo su ser.

Y, pensaba con fiereza en sus mejores días, que ocurrieron esporádicamente a lo largo de los años, si alguna vez salgo, si alguna vez tengo otro día de libertad, cultivaré cosas: plantaré en todos los pedazos de tierra posibles, claro que sí, encontraré una tierra para mí y la llenaré de semillas y las cuidaré como un loco, cultivaré tallos y hojas y frutos y flores que brillen bajo el cielo, el mismo cielo que extraño tanto que daría mi brazo derecho por verlo, apuntaré al cielo con mis manos y con todo lo que cultive: zapallos, tomates, remolachas, acelgas, zanahorias, orégano, menta, perejil, claveles, rosas, írises, lirios y margaritas, carajo, margaritas hasta el horizonte.

Volvamos a aquel momento con la prensa —dijo la reportera— cuando se enteró de los resultados de las elecciones estadounidenses. Dijo: Tengo una palabra que decir...

El expresidente se le unió y la dijeron juntos:

—¡Socorro!

Socorro. Auxilio. Sálvennos. Una exclamación propia de quien se está ahogando.

Sonrieron al oír sus voces mezcladas.

—Exacto —dijo ella—. Usted dijo *socorro*. Y luego siguió caminando.

—Así es.

—¿Podría elaborar?

No estaba seguro de poder elaborar. Abrió la boca para intentarlo mientras pensaba: ¡Socorro! ¿Y por qué? Era cierto lo que había dicho hacía un instante: que dijo lo primero que se le vino a la mente. Se despertó aquella mañana en un cuarto de hotel, sin periódico, sin computadora, y los reporteros lo estaban esperando en el vestíbulo. Lo atraparon en un momento de reacción pura. Ante su declaración, los periodistas se removieron y se miraron entre sí, como buscando permiso para reírse, y sí se rieron, pero era una risa nerviosa, qué hacer, qué quería decir ese expresidente, era una broma, ¿cierto?, ¿no?, pero era evidente que el asunto no podía ser más serio... y sí, había sido una broma, pero también algo brutalmente real. ¡Socorro! ¡Socorro! ¿Qué más decir? Pero, ¿quién iba a contestar esa súplica? ¿Quién podría bajar volando a rescatarlos? ¿Superman? ¿Batman? ¿Esos superhéroes de las historietas importadas en las que la muchedumbre miraba hacia el cielo para gritar *socorro*? No existía el socorro. Nunca había socorro en este mundo. Podías caerte en un hoyo y nadie iría a rescatarte mientras morías de hambre con la mirada perdida en la oscuridad. Los poderosos podían atacarte y no tenías a dónde huir. El mundo tal como lo conocías podía romperse o derrumbarse o arder en llamas y nadie vendría volando a salvarlo, no había cura, no había escape, no había refugio, y entonces oyó la voz de Sofía, hacía años: *El único refugio que nos queda es lo que nos damos entre nosotros,* y mientras respiraba el aire del jardín que lo conectaba con la reportera y el camarógrafo y los árboles y todo ese verde cultivado, pensó: Bueno, quizás sí, por qué no, no hay más socorro que el que podemos dar nosotros mismos, no importa cómo lo generemos, no importa cuánto nos cueste, lo hacemos para nosotros mismos y para el prójimo, para una persona, para un país, para un mundo; el superhéroe no existe y a la vez el superhéroe sos vos, solo vos, el raro, el quebrado, parado entre la muchedumbre mientras mira al cielo en busca de respuesta. El único socorro. No está en ningún lado y está en todos a la vez. Proviene de nadie y de todos, y es todo lo que tenemos.

Le sorprendió percatarse de que había estado hablando. ¿Qué había dicho? ¿Cuántos pensamientos le habían salido por la boca? La reportera lo miraba atentamente, absorbiendo cada palabra.

—Muchas gracias por eso —dijo—. Qué respuesta.

Se aguantó las ganas de preguntar: *¿Gracias por qué? ¿Qué dije?* A fin de cuentas, era demasiado tarde para desdecirse. Así que mejor arqueó las cejas y sonrió.

—Podría seguirlo escuchando durante días, y tengo mil preguntas más, pero ya le hemos robado demasiado tiempo. Creo que terminamos.

¿Tan pronto?, pensó el expresidente, aunque hubieran pasado casi dos horas, a juzgar por el cambio en la luz. Sintió un pinchazo extraño en el pecho.

—Si está segura.

Pero el camarógrafo ya había empezado a aflojar la cámara de su trípode. La reportera asintió.

—Estamos muy agradecidos.

Se miraron durante un silencio en el que estuvo a punto de decir cualquier cosa, de decir demasiado. Era como si conociera a esa mujer desde hacía años. Como si no lo fuera a sorprender verla en su jardín todas las tardes con brisa. Como si la fuera a extrañar horriblemente si no se presentara. Parecía que ella pensaba algo parecido, pero ¿cómo saberlo? Se sostuvieron la mirada durante lo que pareció mucho tiempo. Luego, ella se levantó. El camarógrafo había terminado de empacar su equipo. Hora de irse.

El presidente se paró, pensando: Controlate, viejo. Hizo un ademán hacia la casa.

—Después de usted.

La reportera caminó delante de él, y, oh sorpresa, no había dicho ni una palabra sobre la rana, había mantenido cerrada esa concha todo ese tiempo, pero había palpitado bajo la superficie de su conversación y ahora una parte submarina de él se sentía decepcionada, inacabada, aún ansiosa de contarlo después de tantos años durante los cuales la ostra se había mantenido cerrada en el lecho marino. Y por un instante se imaginó que le gritaba como un niñito que tuvo una gran aventura o que se raspó las rodillas y muere por contarle a alguien la historia, por alguien que lo escuche, mirá, mirá, ¿ves cómo me raspé?, nunca vas a adivinar lo qué me pasó, ni yo lo creo, y esperá a que oigas cuánto me costó levantarme del piso, esperá a que oigas qué pasó cuando me levanté, más aventuras, no me lo vas a creer, pero tengo pruebas, mirá la tierra que tengo bajo las uñas, fijate cómo se me embarró la herida, tal vez se quede ahí para siempre y tendré un poquito de tierra dentro de la piel, ¿lo ves?, ¿lo sentís?, ¿te imaginás? Pero no. Ella ya se iba y él no era un pibito, la entrevista se había acabado. La reportera le dio un beso en la mejilla en la puerta principal, como era costumbre en ese país, había leído sobre sus costumbres en alguna guía, o en internet, más bien, donde cobran vida tantas costumbres en estos días, y parecía que había superado la etapa de saludar de mano.

—Gracias de nuevo —dijo ella, y se detuvo como al borde de añadir algo más.

Él quería decirle que volviera a entrar. Quería darle algo, pero ni siquiera podía imaginar qué. Era verdad que podría haber sido su nieta, si hubiera tenido hijos, claro, incluso podría ser su bisnieta si hubiera empezado desde temprano; de eso se arrepentía en su vida, de no haber tenido hijos, pero él y su esposa habían pasado sus años fértiles en la revolución y metidos en hoyos. ¿Sería una suerte de instinto de abuelo esa oleada repentina de ternura? No tenía nada en sus manos, nada que darle excepto las palabras y el tiempo que ya le había entregado.

Así que solo le sonrió.

Ella sonrió de vuelta, luego se volvió y caminó hacia la camioneta que la llevaría hacia el resto de su vida.

El polvo se levantó en la carretera de tierra mientras se alejaban.

El expresidente respiró hondo. El crepúsculo había empezado a recoger sus faldas. Sofía tardaría unas horas más en volver a casa. Encontró a Angelita acurrucada en su silla de siempre, junto a la estufa de leña, como diciendo, ¿venís o qué? Pero no quería quedarse adentro. Aún no. Recogió el mate y el termo que había preparado cuando llegaron los periodistas y regresó al jardín, esa vez tomó el sendero, se dio cuenta de que nunca había llevado a los reporteros atrás de la curva a ver las verduras y las flores, carajo, iban a ir al final de la entrevista, pero era demasiado tarde ahora. Aunque no para él. Ahí estaban. Sus zapallitos. Sus tomates. Sus remolachas. Sus acelgas. Más allá se erguían las flores, y al verlas algo se soltó en su interior, se abrió de par en par. Tal vez la próxima vez que un reportero le preguntara por qué tenía una vida tan humilde contestaría que no era cuestión de humildad en absoluto, sino de supervivencia, y una manera de rendirse a una ley básica de la naturaleza. Cuida la tierra y deja que te cuide.

Acercó un banquito a la maraña de los tomateros y se sentó. Unos años antes se habría agachado ahí mismo en la tierra, pero ya le costaba demasiado trabajo. Sintió que le dolía el pecho, pero no sabía por qué. O quizás sí. Fijó su atención en los tomateros, exuberantes de frutos verdes, prometiendo una cosecha excelente. Ese verano haría muchos frascos de tomates en conserva, incluso más que el anterior, quizá cuarenta. Suficientes para el año entero. El año anterior le había agotado empacarlos, pero ni siquiera la edad podía impedir que lo hiciera de nuevo. Todo el año disfrutaban las conservas de tomate, sobre todo en las pizzas caseras de Sofía, que siempre le recordaban la primera comida que cocinaron en esa casa, cuando acababan de comprar la tierra, para celebrar el milagro de tener un hogar. Apenas llevaban un año fuera de la cárcel; se habían encontrado en cuanto salieron y, luego de trece años de confinamiento solitario soñando con ella, había tratado de prepararse para la decepción. Habían pasado años. A los dos los habían quebrado. Tal vez estuviera distante, tal vez no quisiera tener nada que ver con un hombre que le recordaba los viejos tiempos, o tal vez no quisiera tener nada que ver con un hombre, punto, y quién podría culparla. Pero en cuanto la vio, lo supo. Todavía podían hablarse sin hablar, y se dijeron todo, allí mismo, en silencio, cómo habían mantenido el anhelo, una necesidad desesperada de una fuente de calor. Enfrentarían al mundo juntos de ahí en adelante. Un año después, compraron la chacra con su casucha desvencijada y ella hizo pizza casera la primera noche. Él la vio verter salsa de tomate en la masa fresca bajo la luz tenue y le pareció la posibilidad más bella del mundo. Voy a cultivar tomates acá, le dijo. Y ella respondió, sin alzar la vista: *Vamos a cultivar de todo acá, todo lo que podamos.* Ahora, décadas después, Sofía seguía teniendo fuerzas; había sido la primera Primera Dama en la historia de su país en fungir al mismo tiempo de senadora, un trabajo que aún tenía, por eso estaba fuera esa tarde y no regresaría sino hasta la noche. *Tengo una junta larga hoy*, había dicho esa mañana mientras se despedían con un beso en la boca. A mediados de sus setenta, su vitalidad parecía imparable. La iba a esperar despierto, pensó, y cuando llegara calentaría el guiso de lentejas y el agua para el mate, le preguntaría cómo había estado su día, compartirían historias mientras se alargaba la noche.

De momento, no tenía nada más que hacer que quedarse sentado en el jardín, escuchando a la oscuridad creciente, y esperar.

Cebó el mate y bebió. Miró las plantas. Se miró las manos. Las arrugas todavía lo sorprendían, aunque las manos arrugadas aún pudieran ser hábiles, como había aprendido de niño al ver las manos del señor Takata, mucho menos arrugadas que las suyas ahora, pero en ese entonces le habían impresionado los surcos y las líneas del tiempo en manos que se movían con tal destreza, con tal certidumbre entre las flores. Ahora que veía sus propias manos, las arrugas parecían pertenecerle a alguien más; y, sin embargo, ahí estaban. Le parecía increíble ese asunto de tener ochenta y dos años; estaba viejo, pero aún no muerto, como a Sofía le gustaba recordárselo al despertar: *Buenos días, viejito, felicidades, todavía no estás muerto.* Estaba vivo ahí en el jardín, esperando. Pero, ¿esperando qué? No lo sabía. La noche, lo que le siguiera, que la calma de la tierra y los tallos permearan su piel, otra pregunta, una respuesta sobre el norte, una respuesta sobre el sur, un mapa para navegar los horrores por venir, el fin del mundo, la manera en la que una hoja seguiría reflejando la luz del sol durante el fin del mundo. A la rana. Con un escalofrío, se dio cuenta de que estaba esperando a la rana. Pero no va a venir, pensó, ese viejo amigo mío nunca estuvo acá y en cualquier caso se fue hace mucho, por supuesto, si es que existió siquiera, y lo mismo sus nietos y sus tátara tátara tataranietos, seguro que así son las vidas raniles, las generaciones giran vertiginosamente y no hay manera de detener la rueda. Hay tantas criaturas que vienen y van, tantas que se quedan atrás; el tiempo nos aplasta a todos, no hay escapatoria, a algunos con más violencia que a otros, y ahora, con el cambio en el orden mundial y los horrores climáticos que se vienen, decime qué clase de violencia toca, qué va a estallar, qué se va a derrumbar, qué se va a desatar y qué arderá por completo, qué hará la siguiente generación y la que le sigue, qué queda del sueño que teníamos para el mundo y cómo carajos vamos a... Se tomó la cabeza entre las manos. Respiró. Aceptó el regalo del oxígeno en sus pulmones animales, exhaló hacia los árboles, de vuelta al ciclo verde, al ciclo del aire. A veces, cuando la desesperanza amenazaba con tragárselo, Sofía le daba un golpe suave en el hombro y le decía: *Ya estás tristón otra vez, sin mirar todo lo que tenés a tu alrededor.* ¿Y qué tenía a su alrededor? La oscuridad creciente. El susurro de las hojas. Zapallos, claveles, margaritas. Perros que ladraban juguetonamente, fuera de su vista. Muy lejos, una crisis cobraba fuerzas, como un nubarrón en el horizonte, dirigida hacia todos lados. Aun así, la tierra respiraba. Desequilibrada, demasiado caliente, demasiadas tormentas, pero respiraba. Los pimpollos empujaban sus capullos en los rosales. Las hierbas clamaban; fijate, pensó, cuánto verde surgió de la lluvia de la semana pasada.

—¿Hola? —dijo hacia el aire cálido de noviembre—. ¿Me oís?

Se rio de sí mismo en voz alta, no pudo evitarlo. Qué ridículo. ¿Y qué? Ahí estaba, un expresidente, un expreso político, y el más pobre esto y lo otro, hablándole a la nada como un viejo senil, o, peor aún, hablándole a una rana muerta, esperando oír la voz de la rana muerta decir: *Sos un imbécil* o *Tralalá* o *Apenas podés vislumbrar el océano de lo posible*. Se seguía riendo, y su risa partió el aire, quebró un hechizo que podría haberlo arrastrado a la tristeza.

Vamos, viejo, se murmuró mientras se levantaba del banquito y se agachaba junto al tomatero. Andá, cuidá lo que tenés enfrente. La tierra le ofreció su fragancia. Las hierbas estaban orgullosas, gritaban brillantes, pero si los tomates iban a prosperar, ellas iban a tener que compartir la tierra.

Incluso el horror es un abrirse. Cada momento es un nuevo comienzo, hasta llegar al final.

Eso pensó el viejo mientras metía las manos en la tierra para trabajar.

Agradecimientos

Le estoy increíblemente agradecida:

A mi agente, Victoria Sanders, por quince años de apoyo, cariño, visión y nunca dejar de creer en mí. Gracias por ayudarme a dar a luz a estos libros. A Bernadette Baker-Baughman, Jessica Spivey y Diane Dickensheid, por su trabajo esencial e incansable en la oficina de la agencia y fuera de ella. A mi editora, Carole Baron, por todo su tiempo e ideas brillantes y camaradería para este libro y los cinco que le antecedieron. A todo el equipo de Knopf, Vintage y Vintage Español, incluyendo a Reagan Arthur, Abby Endler, Rob Shapiro, Tom Pold, Rita Madrigal, Pei Loi Koay, Susan Brown, Julie Ertl, Cristóbal Pera y Alexandra Torrealba; gracias por todo lo que hacen no solo por mis libros, sino por la cultura literaria en su conjunto.

A la Universidad Estatal de San Francisco y a la Fundación George and Judy Marcus, por apoyar un retiro de ocho días en la costa de Uruguay que me permitió capturar la forma de este libro. A Daniel Kochen, gracias por la hospitalidad. A Gabi Renzi y Zara Cañiza, mis hermanas del alma, por hacerme sentir siempre profunda y locamente en casa desde el instante en que pongo un pie en Uruguay, y por acompañarme de una manera tan generosa cuando investigo y cuando sueño.

Si bien este libro es completamente ficticio, está inspirado en el expresidente de Uruguay José Mujica, alias "el Pepe". Mi investigación extendió muchos tentáculos y se alimentó de veinte años de exploraciones obsesivas para novelas anteriores, pero agradezco en particular a algunos libros clave por su documentación exhaustiva: *Una oveja negra al poder: Pepe Mujica, la política de la gente*, de Andrés Danza y Ernesto Tulbovitz; *Comandante Facundo: el revolucionario Pepe Mujica*, de Walter Pernas, y *Pepe Mujica: palabras y sentires*, de Andrés Cencio. También agradezco humildemente a José Mujica y a su esposa, Lucía Topolansky, por las vidas que han vivido y la generosidad con la que han compartido sus voces, ideas e historias. Gracias a la Biblioteca Nacional de Uruguay, y a la biblioteca de la Universidad de California en Berkeley por su excelente colección de estudios latinoamericanos. También quiero reconocer las incontables conversaciones que he tenido a lo largo de décadas con uruguayos comunes y corrientes sobre su historia, su cultura y su política, desde intelectuales y activistas importantes hasta amigos, familiares y desconocidos en la feria o en el autobús o en dondequiera que se dé una conversación, lo que en Uruguay sucede casi en cualquier parte. Le estoy agradecida a cada una de esas personas por sus contribuciones a mi conocimiento e imaginación.

Gracias a todas las personas que han buscado maneras de lograr un mundo mejor y más alegre desde noviembre de 2016, y también antes de esa fecha. Gracias por ayudar a urdir el futuro.

Gracias enormes a Chip Livingston, Gen Del Raye, Marcelo de León y Achy Obejas, por leer las primeras versiones del manuscrito y ayudarme a fortalecerlo. Gracias a mi familia y a mi comunidad por apoyarme, quererme y ampararme de varias maneras mientras trabajaba en este libro, incluyendo a Shanna Lo Presti, Angie Cruz, Jaquira Díaz, Aya de Leon, Cristina García, Sujin Lee, Darlene Nipper, Parnaz Foroutan, Margo Edwards y mi querida tribu en Buenos Aires. Gracias a mis hijos, Rafael y Luciana, quienes a diario me enseñan lo que significa la belleza, lo que puede ser el mundo y la razón por la que luchamos. Y con mi esposa, Pamela Harris, siento la máxima gratitud posible, la más infinita, por este matrimonio que comenzó cuando los matrimonios como el nuestro seguían siendo ilegales, y que está construido sobre lo que siempre hemos llamado una cultura de apoyo radical. Eres la mujer de mis sueños más dementes; veinte años después, me sigues robando el aliento. Mi amada, mi mejor amiga, mi primera lectora, mi conspiradora en todo: gracias. Cultivemos todo, todo lo que podamos.